日本名城紀行 2

更科源蔵
三浦朱門
土橋治重
笹沢左保
陳舜臣
藤原審爾
江崎誠致
戸川幸夫
大城立裕

SHOGAKUKAN
Classic Revival

目次

松前城

更科源蔵

さらしな・げんぞう

1904年〜1985年。詩人、アイヌ文化研究家。主な作品に詩集「種薯《たねいも》」「コタン生物記」など。

安東氏と大館

現在の松前《まつまえ》城の裏山にあたるところの、古いむかしの丘陵城郭の跡を、土地では大館《おおだて》・小館《こだて》とよんでいる。

城郭といっても、中世の石垣をめぐらして築いた城址《じょうし》ではなく、深い谷にはさまれた天然の要害の上の館跡《やかた》といったもので、ここを砦《とりで》としたのは、源頼義《みなもとのよりよし》に滅ぼされた奥羽《おうう》の豪族安倍《あべ》氏の末裔で、安東《あんどう》氏を名のる一族であった。

安東氏は北条《ほうじょう》氏が鎌倉幕府《かまくらばくふ》の執権《しっけん》であったときに、津軽《つがる》の代官として蝦夷管《えぞかん》領《れい》でもあったが、のちに北条氏にそむいて、現在の青森県十三湊《とさみなと》に館を移したが、松前家のもっとも古い事跡を記した『新羅《しんら》之記録』という資料によれば、嘉吉《かきつ》三年（一四四三）に、南部義政《なんぶよしまさ》に攻められて、海を渡って蝦夷地に逃れ、ここを根拠にして本州に残る一族とともに、いろいろと失地回復をはかったが果たさず、おもな一族は戦死したとも、蝦夷地に逃れたとも、資料によって一致していない。えてして記録というものは、記録者につごうがよいように記されるもので、系図書なども一族のものを照合してみると、かならずしも一致しないばかりか、何十年もの間、空白であったりするのがふつうである。したがって資料というものは元来ボロボロであるのは、ただ紙魚《しみ》に食われただけではない。

安東氏が蝦夷地に逃れた当時、前後して函館《はこだて》から江差《えさし》の間に、点々として十二か所もの館があり、いずれも本州にいづらい理由から、逃れてこの島に渡った人びとであろうと思われるが、さきの『新羅之記録』によれば、函館市内に二か所、上磯《かみいそ》・木古内《きこない》・知内《しりうち》・福島《ふくしま》に各一か所、松前に四か所、上《かみ》ノ国《くに》に二か所であった。

安東氏が渡って十三年後の康正《こうしょう》二年(一四五六)の春に、現在の函館市内鍛冶《かじ》町に、砂鉄を採って製鉄をする鍛冶のところでひとりの蝦夷が小刀をつくらせたが、「切れる!」「切れない!」で争いになり、腹をたてた鍛冶が相手を刺し殺したのがきっかけになり、各地で蝦夷の蜂起《ほうき》となり、翌長禄《ちょうろく》元年(一四五七)には、東部酋長《しゅうちょう》コシャマインの率いる大軍に囲まれ、上磯の茂別《もべつ》館と上ノ国町の花沢《はなざわ》館の二か所以外は、全部コシャマインの蹂躙《じゅうりん》にまかせてしまった。

このとき花沢館を守っていた、蠣崎季繁《かきざきすえしげ》のところの客である武田信広《たけだのぶひろ》が、コシャマイン父子を射殺したので、蝦夷は敗走し、ふたつの館は事なきをえた。このはたらきによって信広は茂別の館主下国家政《しもくにいえまさ》の娘を娶《めと》り、蠣崎氏を継ぎ、松前家の藩祖となった。

これについて『新北海道史《しんほっかいどうし》』は、

「これらの乱については、大体以上のような記事が、松前家に残るもっとも古い記録に記されているだけで、他書には見えず、詳しい具体的なことも明らかにされていない。ただわかることは、乱の発生した年代が、下北《しもきた》半島の豪族蠣崎蔵人《くらんど》が南部氏に追われ、下国政季《まさすえ》が大畑から蝦夷島に移ったとする年と前後していることである」

と述べているように、安東一族が海を渡ってこの島になだれ込んだことによって、この地の自然によって漁・狩猟生活をしていた、先住者たちの生活が攪乱《かくらん》され、感情を逆なでされたことが、蝦夷の蜂起をさそったことは想像にかたくない。

コシャマインの乱のあとも、文明元年《ぶんめい》（一四六九）にも、詳細はわからないが蝦夷の反発があり、永正九年《えいしょう》（一五一二）にも箱館《はこだて》・志苔《しのり》・与倉前《よくらまえ》などにあった館が蜂起軍に陥落させられ、永正十二年には、松前家二代光広《みつひろ》が大館に移り、徳山《とくやま》と改名したばかりの館が、東部の酋長ショヤ、コウシの兄弟に囲まれ、偽って和睦《わぼく》しそれを騙《だま》し討ちにした。享禄元年《きょうろく》（一五二八）にも、その翌年にも西部の酋長タナサカシが上ノ国の勝山館《かつやま》に迫ったとき、やはり偽の和睦をして騙まし討ちにしたし、享禄四年にも徳山館が襲われ、さらに天文五年《てんぶん》（一五三六）に騙し討ちにされたタナサカシの女婿のタリコナの来襲のときにも、偽って和睦し酒で酔いつぶして斬《き》り殺した。

以上、わずか八十年の間に八回も襲来をうけて、いつも強力な蝦夷の力に抗しきれず、「偽って和睦し騙し討ちにする」のが常道であった。

松前家の系図

　コシャマインの乱で鎮定に大功をたて、のちに松前《まつまえ》城の城主となる松前家の基礎を築いた武田信広《たけだのぶひろ》の系図についても謎《なぞ》が多い。松前家系図によれば、源義家《みなもとのよしいえ》の弟新羅三郎義光《しんらさぶろうよしみつ》から出て、のち武田の姓を得て若狭国《わかさ》(福井県)守護職《しゅご》となった。信広は武勇にすぐれていたものの、粗暴の行動が多いためきらわれたが、重臣のたすけで関東に走り、のち青森下北《あおもりしもきた》の田名部《たなぶ》の蠣崎《かきざき》家に寓《ぐう》し、安東政季《あんどうまさすえ》の蝦夷《えぞ》島渡りに従って海を渡り、花沢《はなざわ》館の蠣崎季繁《すえしげ》の客となっていて、コシャマインの乱に大功をたてたというのである。

　しかし若狭の守護である武田氏の記録には、以上のような事実は見あたらず、松前家系図はさる宗教関係のものによってつくられたものであるとか、信広は南《なん》部《ぶ》氏の一族で、宗家にそむいて蝦夷に渡り、偽って若狭武田氏を名のったとも、伝説には若狭の人ではあるが、名もない一商人で、蝦夷との交易のため蠣崎家に寄寓《きぐう》するうち、その女《むすめ》と通じて入り婿し、乱に乗じて勢力を得たなどとも伝えられている。

武田から蠣崎姓になった松前藩祖は、五代慶広《よしひろ》の代まで蠣崎姓を名のり、二代目光広《みつひろ》、三代義広《よしひろ》、四代季広《すえひろ》、五代慶広であるが、代々すぐれた才能をもち、永《えい》正《しょう》十二年ショヤ、コウシの兄弟を騙《だま》し討ちにしたのは二代光広であり、三代義広はタナサカシの乱とタナコリのときもその才能を発揮し、四代季広は蝦夷と和平条約を結び、五代慶広は安東にかわって、豊臣秀吉《とよとみひでよし》から蝦夷島主とされたうえにいずれも長寿を保ち、着々と松前藩の基礎を築いていった。

いっぽう安東氏の一族のうち、茂別《もべつ》の館《やかた》に拠った下国家政《しもくにいえまさ》が没し、孫の安東八《はち》郎師季《ろうもろすえ》があとを継いだが、蝦夷乱に敗れ剃髪《ていはつ》し、子孫は蠣崎氏に臣属し、大館《おおだて》の下国定季《さだすえ》は、その子恒季《つねすえ》の行状がわるく、家臣の訴えにより宗家の兵を向かわせられ、みずからの生命を絶って、大館の安東家は滅亡し、大館の館は相原季胤《あいはらすえたね》と村上政義《むらかみまさよし》が守護したが、『新羅《しんら》之記録』によると永正十年（一五一三）、蝦夷の襲撃にあって両将が自刃したというが、これは蠣崎光広の所業であることは一般常識のようである。そしてこれにはつぎのような駒《こま》ヶ岳《たけ》伝説までが付随している。

「大舘城下に不可解なできごとがつづき、疫痢《えきり》が流行し難船がつづき人心が動揺したので、相原季胤は人心を鎮めるため熊野《くまの》神社の建立を思いたち、村上政義は、それには人身御供《ひとみごくう》に娘を海に沈めようと、コタンの娘たちを捕えて矢越《やごし》岬《みさき》に沈めた。それを怨《うら》みに思ったコタンでは、無慈悲な仕打ちに対して蜂起《ほうき》し、追われた領主相原季胤はふたりの姫を伴って大沼《おおぬま》まで逃れたが、かなわぬと知って乗馬を離して、ふたりの姫とともに入水《じゅすい》して果てた。その日が七月三日だったので、いまも七月三日になると、駒ヶ岳から悲しい駒の嘶《いなな》きが聞こえてくる」

なぜこんな話が流布したものであるか、もちろん定かではないが、蝦夷襲撃説を納得させるための作り話ともとれるようである。このあと松前家二代蠣崎光広は翌十一年三月、その子義広とともに、小舟百八十隻を率いて大舘に移って、ここを修築して徳山《とくやま》と名づけ、このことを当時檜山《ひやま》といった秋田《あきた》能代《のしろ》の安東家に報告して、了解を求めた。容易に返事がなかったが、ついに了解をとりつけ、蝦夷島のことは義広にまかせるから、かわって守護せよといわれ、蝦夷島での安東氏の代官《だいかん》となり、諸国から集まってくる商船や旅客から税を徴収して、その半分を檜山の安東家におさめ、島内では各所に館もちの豪族たちをその支配下において、蝦夷島の和人の力をひとつに結集し、蝦夷との紛争も解決する、内外ともに実力者にのしあがった。

徳山館のころ

大館《おおだて》を修築して徳山館《とくやま》としたものが、どのようなものであったか明らかではないが、光広《みつひろ》・義広《よしひろ》がここに移って十四年後の享禄《きょうろく》元年(一五二八)五月二十三日の夜、激しい風雨のなかを、蠣崎《かきざき》義広自身が槍《やり》を持って館内を巡視していると、蝦夷《えぞ》が柵《さく》を越えて忍び込もうとしているので、それを突き落として退散させたといい、享禄四年の五月二十五日の夜も、風雨に乗じて徳山館に襲撃をかけて、橋を渡ろうとしたのを、義広に発見されて射殺されたとある。それらの事件を考えあわせると、館の周囲に柵をまわす程度のもので、橋を渡って館に入るというものであり、それよりも夜間の警備に、館主自身が見回りをするというささやかなものであったようである。

警備が粗末なうえに、侵略者に対する蝦夷の反撃抵抗が強かったことは、この時代の館主の大きな悩みの種であり、多くの領主の衰微滅亡していったのは、一に蝦夷のはげしい反撃抵抗であり、二には永正《えいしょう》十年の大館の滅亡のように蝦夷の襲撃に見せかけて、陰で漁夫の利を占めたものもあったようであるが、ことばも風俗・習慣も違う、他民族と接触するということは容易なことでなく、滅亡した館主の多くは、この接触に失敗したということができるかもしれない。

松前《まつまえ》藩祖の蠣崎氏もその例外ではなかった。初代信広《のぶひろ》がコシャマイン父子と賊徒数人を討って、華々しい勝利をおさめたという以外は、その後の二代光広も三代義広も、偽ってこれと和し、償いとして多く宝器を出し、あるいは酒を振る舞い、相手方が喜んでいるところを遠矢にかけたり、騙《だま》し討ちにして、かろうじて危機を脱したと記録にある。これをどこまで信じるかは、見方によって違うかもしれないが、これで見るかぎりでは目をおおいたくなる騙し討ちの歴史である。四代目季広《すえひろ》の代になって、武力による侵略の愚をさとり、天文《てんぶん》十年（一五四一）に蝦夷の喜ぶ宝物をおくって機嫌をとり、さらに日本海岸瀬棚《せたな》のハシタインというものを、上ノ国《かみのくに》の近くにおいて日本海岸の酋長《しゅうちょう》とし、知内《しりうち》のチコモタインというものを、太平洋岸の酋長にし、諸国から来る商人から徴収した税の一部を、ふたりの酋長にあたえたりしたので、この和平工作が効を奏し、蝦夷も季広のことをカムイトクイ（神のような親友）とよんだという。

松前家（蠣崎）の五代を継いだ慶広《よしひろ》は、もっとも華々しく活躍した人で、天正《てんしょう》十八年（一五九〇）、豊臣秀吉《とよとみひでよし》が小田原《おだわら》の北条《ほうじょう》を滅ぼし、天下をにぎると、前田利家《まえだとしいえ》らをとり入れ、主家にあたる檜山《ひやま》城主安東実季《あんどうさねすえ》より早く秀吉に謁《えつ》して、安東家の頭ごしに蝦夷島の支配を認められ、蝦夷島主として直接秀吉の配下に属して、安東氏の付属から脱することになった。

ついで天下の政権が徳川《とくがわ》のほうに傾くと、文禄《ぶんろく》二年（一五九三）に抜け目なく家康《いえやす》に謁して、たくみな外交手腕によって家康をとり入れ、慶長《けいちょう》三年（一五九八）、秀吉が没すると、翌年には大坂で家康に謁し、蝦夷島地図と家譜とを奉り、氏を松前と改めた。

松前の姓は徳川家の松平《まつだいら》の松と、前田利家の前をとったともいうが、古くからここの地名を万堂宇満伊犬《まとうまいぬ》と書いたりし、それはいまの松前川のよび名で、アイヌ語のマックオマナイで後ろのほうにある川から出たといわれ、それがいつから松前というあて字をするようになったか不明であるが、地名をとって氏にするほうが自然であり、徳川家と前田家ともかかわりのある文字だからかもしれない。

名実ともに蝦夷島主になった松前氏は、その翌年の慶長五年に徳山館（もと大館）の南の台場に六年の歳月をかけて新城を築き、近くで金の発掘をしていた千軒岳《せんげんだけ》の金掘りを連れてきて石垣を築き、かたちをととのえて対外的にはこれを福山《ふくやま》城とよばせていたが、幕府に対しては福山館としていた。この城がどのような建築様式であったか、当時の記録は残っていない。本館の玄関は伏見《ふしみ》城の別荘の一部であったとも伝えられていたが、この本館は明治《めいじ》三十三年（一九〇〇）にとりこわされ、玄関の一部の、桃山《ももやま》時代の特徴を示す蛙股《かえるまた》の桐と、沢瀉《おもだか》の紋章の彫刻が、現在城内に建てられた松城小学校の玄関に残っているだけである。

松前慶広がこの築城に踏みきったのは、この年関《せき》ヶ原《はら》の合戦があり、時代は風雲をはらんで、いつどのような非常事態がおこらないともかぎらない情勢にあったことと、蝦夷島主として松前藩の成立を、内外に示そうとしたからであろうと思われる。

この城は新築間もない慶長十四年の春に出火し、硝薬《しょうやく》に火が移り、多くの建物を焼失してしまった。このため一族の新井田貞朝《あらいださだとも》が奉行になり、上ノ国から伐り出したアスナロを用材にして修復し、元和《げんな》三年（一六一七）から五年にかけて、大館の方にあった町家や寺町をこの城下に移し、城下町を形成した。

当時の城下の状態については、城の修築後五十余年を経て、寛文《かんぶん》蝦夷乱ともシャクシャインの乱ともいわれる、東部の酋長の反乱ののち、松前城下に派遣された津軽《つがる》藩士則田安右衛門《のりたやすえもん》の報告書である『狄蜂起《てきほうき》集書』によれば、「北は山を負い、東は川原町沢（大松前川）、西は湯殿沢、南は海浜に面する崖《がけ》を利用し、要所に四尺ないし六尺（一・二〜一・八メートル）の土手を築き、深さ二間半ないし六間（四・五〜一〇メートル）、広さ四間ほどの濠《ほり》を掘り、本丸の東に二の丸、北に北の丸を設け、南北は板塀《べい》、東部は木柵を設け、南正門の西は物見櫓《ものみやぐら》を建てたるもの」（『新北海道《しんほっかいどう》史《し》』）とある。この物見櫓は寛文九年の乱にいそいで建てたものである。

また同じ年、隠密《おんみつ》として蝦夷乱の実態調査に入った、牧只右衛門《まきただえもん》の記した『津軽一統志《いっとうし》』の松前のようすは、

一、松前惣《そう》人数の事

○侍三拾四、五人。是《これ》は兵庫殿一門家の由。此外四、五拾人切米取の由。

○松前惣人数壱万四、五千も男女共可有之候由。但城下　在々迄（共）に。

○家数城下　在々共に都合千二、三百も可有之由。

また同じ資料のなかで松前について「一、領主松前兵庫屋敷城山寄せなり。但《ただ》し広間南向隅櫓《すみやぐら》一つ、四方に如二遠見《とおみ》櫓一三つ有之。西の方堀有。北の方板塀一

所三十五間程、三分を囲城の方柵有。狄町中に乱入に及は、町中の者共皆々取籠可レ防柵なり」、そして町数は十四ヶ所「但通り町は西より東へ拾二、三丁程浜添也。侍町入交る」、「松前町中に酒屋三十軒有之由」とか「松前城下家数六、七百軒も有之由」などとあり、なかでも寺の数が二十二か寺もあるということが異常ですらある。しかもこの寺が城の北の山の手をとり囲むように建てられているのは、蝦夷は墓をきらって近寄らないことを知っての、防護塀に利用したのであるといわれている。

切支丹の影

松前《まつまえ》城の北、松前藩主の菩提《ぼだい》所法幢《ほうとう》寺に、松前家一族の墓がある。その墓所の片すみに二基の織部燈籠《おりべとうろう》がある。燈籠といっても燈を入れる火袋がなく、上をおおっている笠石《かさいし》をとると、横木の短い十字架のかたちになり、竿石《さおいし》の下のほうには宣教師かマリア、あるいは童子の像らしいものが刻まれている。これは墓のかたわらに置かれたものではなく、それ自身が墓石のようであるが、法名などはいっさい刻まれず、台下にTの字が彫り込まれている。

慶長《けいちょう》十八年（一六一三）にキリシタンの禁教令が出され、京坂地方で捕えられた信徒のうち、独身者はルソンやマカオなどの国外に流し、妻子のあるものは津軽《つがる》外《そと》ヶ浜《はま》の、現在の十三湊《とさみなと》に流され、今日でさえ不毛の地の多いこの地方に、つぎの年から二年つづきの冷害が流刑地を襲ったばかりでなく、それまで流刑キリシタンに寛大であった、津軽藩が急に冷たくなり、理由は明らかではないが、京都から流された医師と、その洗礼をうけた五人の信者が処刑された。

これらの悲報が伝わったので、信者たちを励ますために、アンジェリスという宣教師がたびたび東北に潜入していたが、元和《げんな》四年（一六一八）、四度めの東北伝道のとき、青森《あおもり》県深浦から松前行きの便船に乗り、松前に渡ったが、その船中で七代藩主公広《きみひろ》の甥《おい》が同船していて、アンジェリスに接近し、このことを二十一歳の若い藩主公広や重臣に報告したところ、藩主は「幕府はキリシタンを追放しているが、松前は日本ではないから喜んで彼を迎えよう。もし松前に来て余に会いたいというならば、いつでも会う」と、追われている神父に温かい手をさしのべ、彼のために宿舎をあたえたりしている。公広は幼くして藩主になったため、祖父である慶広《よしひろ》が彼を補佐して政をとったので、英邁《えいまい》な祖父に気質が似ていたかもしれない。

アンジェリスのあと元和六年に、カルワリホ神父も、日本人の金掘りの名で松前に渡り、蝦夷地最初のミサをし、千軒岳《せんげんだけ》の金山にものぼり、木の小枝で小さな聖堂をつくり、マリア観音寺と名づけたりした。しかしアンジェリスの来たときと違って、松前の辻《つじ》々にはキリシタン禁令の高札が立っていた。おそらく藩の重臣のなかにも、この国禁の異邦の宗教に対して反発する空気が当然あったと思われるが、カルワリホが津軽に渡るときにも大坂五郎助と名のる、金山の組頭《くみがしら》ということで奉行《ぶぎょう》の点検をうけているし、その後もこのふたりは松前に渡っている。おそらく千軒岳の金山には、津軽十三湊の流刑キリシタンが、ひそかに海峡の荒潮を押し渡って潜入し、働いていたからであろうし、松前藩では大坂五郎助などという目の青い組頭をとおしていたのは、藩主の一族のなかにも異邦の神を信じた人もあったろうし、西欧のすすんだ金山の採鉱技術を知る、手がかりを得られたからであるかもしれない。それと織部燈籠との間に、なにか関係があるかもしれないと推理するのはむしろ当然であろうし、公広の先代盛広《もりひろ》の室椿《つばき》姫の石《いし》室《むろ》のなかの宝篋印塔《ほうきょういんとう》の基檀に、十文字を模して戒名が刻まれているということも、疑えばきりがない。

藩主をはじめキリスト教に理解を示していた松前藩も、たびかさなる幕府からのきびしい弾圧に抗しきれず、寛永《かんえい》十六年（一六三九）に理解を示した藩主公広も、家臣蠣崎主殿《かきざきとのも》・下国《しもくに》宮内に命じて、キリシタンを逮捕して、大沢金山と、千軒岳でおのおの五十名と、逃亡した六名を上《かみ》ノ国《くに》の石崎で捕えて斬首《ざんしゅ》したと記録にあるが、その処刑場がどこであるか、史家はしきりにそのあとを追っているが、いまだにそれと決めるところが発見されない。

おそらくそれは、じっさいには処刑されずに、奥地の金山開発に送られたであろうと、推理する向きもある。それはこの事件を処理した人びとが、すべて松前藩の家臣であって、幕吏の立ち会いがなかったので、処刑したという幕府への報告文書だけをつくり、本人たちはひそかに奥地の新しく開発される土地に移されたかもしれない。それはこの処刑が行なわれた前後に、日本海岸の島牧《しままき》や、太平洋岸の日高《ひだか》や十勝《とかち》辺まで、ぞくぞく砂金の採掘が行なわれ、日高染退川《しぶちゃり》の奥の金鉱では、金山役人が訴人されて江戸《えど》送りにされたりしているからである。

しかしそのどちらが正しいか、今後の調べによって明らかにされるか、あるいは風雪にとび散った謎《なぞ》のままで終わるか、今後の問題であろう。キリシタンの色彩の濃い時代の藩主であった公広が、寛永十八年、四十四歳の若さで世を去り、京都の大炊御門大納言資賢《おおいみかどだいなごんすけかた》の女《むすめ》である正室は、その十五年もまえに世を去っているのも、なにか暗い影のようなものが尾をひいている、とみればみれないことはない。

耳塚

松前城《まつまえ》大手門《おおてもん》のそばの水松の古木の根方に、寛文《かんぶん》九年（一六六九）、松前藩に抵抗して敗れ、処刑された夷酋《いしゅう》の耳を埋めたという、耳塚《みみづか》というのがある。

七代公広《きみひろ》の死後、それまでほとんど鳴りをひそめていた、蝦夷《えぞ》の不穏な動きが再燃してきた。寛永《かんえい》二十年（一六四三）、日本海岸の瀬棚《せたな》の酋長《しゅうちょう》ヘナウケとの間に争いがあり、理由は蝦夷地での和人の経済活動のゆき過ぎによるものらしく、この地方の砂金採集に入り込んだ、出稼《かせ》ぎ人とのもつれのようである。耳塚に関係する寛文九年のシャクシャインの乱も、慶安《けいあん》元年（一六四八）以来、日高静内《ひだかしずない》の染退川《しぶちゃり》（現静内川）を境にする東方系《メナシウンクル》と、西方の波恵人《ハイウンクル》との間に、たがいに勢力争いがあったのを、陰のほうで松前藩がどのように糸を引いたか、なにも明らかではないが、東方系のシャクシャインが波恵方を破って勢力を得、松前藩の処置に不満をもつ同志とはからって、和人に襲いかかり、現在の長万部《おしやまんべ》まで押し寄せたが、当時の新兵器であった鉄砲の威力に阻まれて押しもどされ、ついに降伏して和議成立を祝う酒宴を襲われ、砦《とりで》に火をかけられて滅び去った。

しかしコタンにひそかに伝わる詞曲《ユカラ》によれば、「松前の金掘りが染退川に入って水を濁すため、鮭《さけ》がさかのぼらなくなったので、部落の酋長たちが抗議に出かけたところ、お詫《わ》びと称して陥穴《おとしあな》の上で酒宴をひらき、陥穴に落として謀殺した。このため東部の酋長シャクシャインが松前に抗議の戦争になり、藪《やぶ》のなかに毒矢をしかけて戦ったが、鉄砲にかなわず砦の崖《がけ》から染退川にとび込んで、着ていた鹿皮の袖無《そでなし》を流し、それに矢弾《やだま》が集中している間に川底を潜《くぐ》って海に逃れ、山に隠れたのを味方に裏切られ、生け捕りにされて松前に送られ、四辻《つじ》に磔《はりつけ》にされ、竹鋸《たけのこ》にひき割られた」とある。

この乱の背景には松前藩の領土拡張の野心が、東西の蝦夷の不仲を利用して仲間われをさせ、一方の勢力を弱め、一方を謀反《むほん》人に仕立て、幕府の力をかりて殲《せん》滅《めつ》作戦に出たのである、とみる人もある。たしかにこの反乱のあと松前藩の勢力は、いっきょに道南の一部から北海道の大半に及んでいるから、そうした見方も当然生まれてくるが、証拠になるものは紙切れ一枚残っていない。

「闇の夜の井戸」と門昌庵

松前城《まつまえ》大手門《おおてもん》の耳塚《みみづか》の近くに、「闇《やみ》の夜の井戸」というのがある。松前家十代矩広《のりひろ》の時代は、藩政の乱れた時代で、藩主は昼夜なく婬酒《いんしゅ》にふけり、それを心配する忠臣大沢多治郎兵衛《おおさわたじろうべえ》（愚治郎兵衛ともいう）を佞臣《ねいしん》らがじゃまにして、殿様が鉄扇を井戸に落としたと偽り、それをとりにおりた多治郎兵衛に大石を投げ入れて殺害したという。

なぜそのような不吉な井戸を、そのまま保存してあるのか不明であるが、矩広の時代の藩政の紊乱《びんらん》は、五人もの家老が相次いで変死し、享保《きょうほう》元年（一七一六）に変死した家老蠣崎広武《かろうかきざきひろたけ》などは、正直で才気あり、潔白の士であったとある。それらが庶民の間に「闇の夜の井戸」となって定着したかもしれない。

さらにどこまで事実であるか、真相はつまびらかではないが、有名な門昌庵《もんしようあん》事件として一般に知られている事件もやはりこの時代で、門昌庵は現在も日本海岸熊石《くまいし》にある寺で、『新北海道史《しんほっかいどうし》』にも記載されているものによると、矩広の側室と近習とが親しくしたことから、矩広はこれを手打ちにしようとしたので、女がひそかに松前家の菩提寺法幢寺《ぼだいじほうとうじ》に逃れ、住職の柏巌和尚《はくがんおしよう》が藩主に命乞《ご》いをしたが、矩広はかえって激怒して、柏巌を熊石に放逐したばかりでなく、柏巌の首をはねさせた。

柏巌は刑にのぞんで、城に帰るまで首箱をひらくなといったのに、戍卒《じゆそつ》が江差《えさし》の順正寺という寺に宿った夜に箱をひらくと、火炎が吹き出し寺を焼いてしまい、その後藩主が寝床に伏すと、緋衣《ひい》を着た柏巌が現われるといい、また打っ手に向かったものの子孫は病気もちになり、成長しないと伝えられ、現在でも運動会に雨が降っても、松前城が火災になっても、「柏巌の祟《たた》り」として庶民の心に生きているし、門昌庵の資料によると、柏巌は延宝《えんぽう》四年（一六七六）、法幢寺六世の住職となった人で、死んだのは延宝六年十二月二十二日になっていて、たんなる伝説とだけ片づけられないものもある。

元来、松前藩は他の大名と違い、蝦夷地という米の生産されない北辺の島国に寄っていて、家臣に対しての知行も他藩と違って、禄高《ろくだか》によらず、蝦夷地に場所をわけて、その場所の蝦夷との交易権をあたえ、家臣は蝦夷の必要物資を持っていき、その地の産物と交換して帰り、城下に集まる諸国の商人に売り、あるいは鮭《さけ》場、鷹《たか》場などを給与して、そこからの収入を知行にかえ、また藩の収入も金山とか材木、鰊《にしん》や昆布《こんぶ》などや、港に入る商船や他国人の入国税などでまかなわれていた。

したがってそれらの取引きの権利をめぐって、権利者である商人との間にトラブルがあり、「闇の夜の井戸」の事件も門昌庵事件のときの藩主矩広の延宝二年に、理由はよくわからないけれども、藩主が幕府に公訴されている。矩広の時世にこのように事件の多かったのは、藩主矩広が暗愚な暴君であったというよりも、彼をとり巻く重臣らが藩政をほしいままにした結果とみるべきであろう。彼が藩主を継いだときは、わずか六歳の幼年時代であったからである。

国後の乱と松前藩の転封

矩広《のりひろ》の時代以後も、松前藩《まつまえ》に対する公訴が相次いだ。原因は藩政の紊乱《びんらん》から、場所を経営する場所請負人《ばしょうけおいにん》に対する、重圧や不当な要求によるものであった。こうした圧力は場所請負人などの、使用人に対する圧力にもなって現われ、釧路《くしろ》・厚岸《あっけし》・霧多布《きりたっぷ》・国後島《くなしり》・宗谷《そうや》の各場所を請負っていた、飛驒屋久兵衛《ひだやきゅうべえ》の支配人、番人たちの蝦夷《えぞ》に対する不法に反発して、寛政《かんせい》元年（一七八九）に国後島の番屋《ばんや》を襲い、根室《ねむろ》の目梨《めなし》に押し渡って番屋や船を襲い、七十一名の和人を殺害する事件がおこった。世にいう国後騒動とか寛政蝦夷乱である。

元来、この地の蝦夷については、元文《げんぶん》四年（一七三九）に著わされた『北海随筆《ほっかいずいひつ》』にも「惣《そう》じて東《ひがし》蝦夷は剛強《ごうきょう》にしてややもすれば松前の令を蔑《ないがしろ》にせり、キイタップ（霧多布）、アッケシ、クスリ辺は別《わけ》て取扱六ヶ敷《むつかしき》となり」といわれていたところに火がついたのである。このときちょうど松前に来ていた紀行家菅江真澄《すがえますみ》は『えみしのさえき』のなかで、六月六日に上《かみ》ノ国《くに》で、「かくて、つなひきわたる天河に来けり、この河のながれ洲に、いよゝみなとふたがれりとおふに、はいま（早馬）のつかひとおぼしくて、馬とくはせてうち過る。こや、ひんがしの遠島、クナシリのほとりの蝦夷人、いかなるすぢにやあらん、もゝあまりのシヤモを、鉾《ほこ》してつき毒箭《どくや》ゐたてて、なか〳〵のさはぎ也と、浦々につげわたる、その、えたち（役人）のものとのゝしりけり」とあり、この騒動は首謀者八人と、和人を殺害した二十九人を処刑して終わった。

この騒ぎの背後には、当時ロシアやイギリスの探険船の出没があったところから、オロシヤの蠢動《しゅんどう》があるなどともいわれ、徳川《とくがわ》幕府の蝦夷地調査となり、また識者の警告などもあり、加えて藩主松前道広《みちひろ》の失政も多く、彼みずからオロシヤに内通しているのではないかという、嫌疑《けんぎ》をさえうけ、いずれにしてもこのままでは、松前藩には辺境を守備する実力なしとして、寛政十一年正月、太平洋岸の日高浦河《ひだかうらが》から知床《しれとこ》までを七か年幕府直轄とし、函館《はこだて》に蝦夷奉行《ぶぎょう》（のち箱館《はこだて》奉行）を置き、享和《きょうわ》三年（一八〇三）、永久上知とし、文化《ぶんか》四年（一八〇七）には、松前と西《にし》蝦夷といわれた日本海岸も上知を命ぜられ、松前藩は奥州伊達《おうしゅうだて》郡梁川《やながわ》（現福島県梁川町）に、九千石をあたえられて移封された。

従来松前藩の実力は、一万石の格式があるといわれていたが、じっさいは他藩の五、六万石にも匹敵するといわれていた。

こうした現状の変化にともない、幕府は箱館奉行を福山《ふくやま》（現松前）に移し、あらためて松前城に移して松前奉行として政務をとったが、ロシア船の樺太《からふと》やエトロフ島の来襲などがあり、もの入りが多く、はじめ考えたほどの収入もなかった。幕府ははじめ外国船がうかがう蝦夷地には、相当の未開発の財宝があり、それを開発することによって、幕府の財政を潤すものと考えていたのが、意外な結果になり、文政《ぶんせい》四年（一八二一）、わずか二十二年で蝦夷地全地をふたたび松前藩に還付した。もちろんその背後では松前藩の必死な返還運動があり、金一万両を上納して、やっと返還してもらった。それらの上納金はすべて、庶民の血の出る税金によってまかなわれたことはもちろんである。

幕末の松前城

蝦夷《えぞ》地が松前《まつまえ》藩に返還されたあと、頻々《ひんぴん》と外国船が近海に姿を現わし、しだいに藩とか幕府とか国内の問題ではなく、松前城も広い世界と直接かかわりあいをもつようになったため、幕府は国防上の立場から、これまで藩内では城といっていたが、幕府では館《やかた》とか陣屋《じんや》といっていた松前城を、北方警備のための城に改築させることを命じた。

松前藩では嘉永《かえい》二年（一八四九）、兵学者市川一学《いちかわいちがく》とその子十郎《じゅうろう》を招いて、旧城をこわして六年の歳月をかけ、安政元年《あんせい》（一八五四）に、面積二万三千五百七十八坪、本丸、二の丸、三の丸、城門十六、楼櫓《やぐら》六、外郭に砲台七座の新城を築いた。

この築城は土地がせまいうえに海岸に近いので、大砲をもつ外国船からは海上から砲撃されるから、不適当であると識者の間で反対があったが、松前藩では住みなれた土地を離れることをきらって、むりに旧城の跡に南は海にのぞみ、東は大松前川の崖《がけ》を利用し、西は湯殿沢《ゆどのざわ》を外堀にして、中に濠《ほり》をつくって水をたたえ、山地につながる北方は神社や寺町にして、墓地をきらう蝦夷《えぞ》の侵入にそなえたのであるといわれている。

この新しい城が完成した三十三年めの安政元年には、皮肉にも神奈川条約によって、函館《はこだて》が伊豆《いず》の下田《しもだ》とともに開港に決した。幕府は函館に箱館奉行《はこだてぶぎょう》を置き、翌年にはふたたび東西の蝦夷地は幕府の直轄になり、松前藩の領地は木古内《きこない》と知内《しりうち》町の境から西江差《にしえさし》町五厘沢《ごりんさわ》までの、わずか海岸三十余里だけの地となり、代償として陸奥国伊達郡《むつだて》（福島県）の梁川《やながわ》と、出羽《でわ》国の東根《ひがしね》（山形県）とあわせ三万石を支給され、蝦夷地は奥羽《おうう》の各藩が支配警備をした。

そして明治維新《めいじいしん》では、弱小藩の悲しさで、いっぽうでは家老《かろう》たちが新政府への忠勤の意を示したり、奥羽列藩《れっぱん》の同盟にも色目を使った。これに対して少壮藩士の組織する正義隊のクーデターで、松前藩は勤王派に属し、そのため榎本武揚《えのもとたけあき》の率いる徳川《とくがわ》脱走軍に、松前城改築のとき心配されたように、海から砲撃され、天守閣に砲弾の雨が降り、北の山地からは墓地を踏み越えて攻められることがないと思っていたのに、墓地などを恐れない脱走軍のため、まんまと城に攻め入られ、ついに松前城は土方歳三《ひじかたとしぞう》の軍に敗れ、いま北方の神止山の丘陵地帯に、そのときの松前藩士や民兵五十余人の墓碑が並んでいる。

一敗地にまみれた藩士らは津軽《つがる》に逃れ、明治二年、官軍の一翼に加わって松前城を奪回したが、六月に版籍奉還《はんせきほうかん》していっさいの行政の権を失い、明治八年に新政府の開拓使によって、封建の象徴として天守閣と大手門だけを残し、本丸は小学校の校舎となり、とり去った石垣は湾内の防波堤として、荒波に洗われることになった。

この残った天守閣も、昭和二十四年の火災で焼失してしまい、残っていた図面によって、かたちだけは鉄筋コンクリートの天守閣に復元することができた。

滝山・八王子城

三浦朱門

みうら・しゅもん

1926年〜2017年。主な作品に「箱庭」「斧と馬丁」「武蔵野インディアン」など。元文化庁長官。

日の当たらぬ城

戦いに勝敗、明暗があるように、城にも日の光を浴びた明るいものがあるかと思うと、日陰のじめじめした所にうずくまって傷手《いたで》をこらえているうちに、野たれ死にして、人に忘れられてしまったような城がある。名古屋《なごや》城・姫路《ひめじ》城・熊本《くまもと》城など、名城といわれるものの多くは、明るい運命のもとにうまれた城である。

これらは幾多の悲劇の舞台というよりも、強大な武将の居館であり、それが支配する領地に対して、権勢を誇示するものであった。

これらは建築の技術の粋をこらし、美しく、壮大である。そしてここを守っていた人びとの家系が城を去り、すでに領国統治の象徴としての役割を失っても、公園として、多くの人びとに愛されている。この種の城は戦いの実用的な道具というよりも、功成り名遂げた武士の身辺を飾る美術的な武具に似ている。

武士にも才能と運にめぐまれて、華やかな生涯《しょうがい》を歴史に残す人もいるが、多くの武士の武運はつたない。命をかけて戦場を疾駆しても、あるいは非命にたおれ、破れて山野に身を隠す。そして落人《おちうど》となってからは、もと、武士だったことを隠し、土民にまぎれ込もうとする。

城にもこういった城があって、いや、あってというよりも、ほとんどの城がこういった哀れな城である。

平城なら、田畑に侵略されて××城址《じょうし》といった石碑と二、三十坪の空き地を残すだけ。山城なら、そこが城だったという言い伝えはあっても、近くに住む人からしてその伝説に半信半疑ということもめずらしくない。

八王子《はちおうじ》城や滝山《たきやま》城はその中間、というか、かつての遺構もある程度残り、その運命や、ここで家運をかけて戦った人びとのこともわかっている、といったところだ。

そもそも軍事的要点は、行政的、産業的要点とかならずしも一致しない。行政・産業の要点はすなわち軍事的要点だが、行政的にも産業的にもたいした意味はないが、軍事的にのみ重要、といった地点がある。強者は行政・産業・軍事の要地をおさえることができるが、弱小な領主はまず軍事的要地を確保することによって、自己の安全をはかり、そのうえで、政治力や経済力の中心となる地域をうかがい、まるでかすめとるようにして、自己の力を蓄積する。

関東平野の場合、広大な平野を灌漑《かんがい》に利用できる大河はあっても、それを支配する政治力と経済力の持ち主は戦国末期まで現われなかった。それで中央の部分は長い間、後進地であった。豪族が現われ、城がつくられていったのは、周辺の山沿いの土地からである。山あいの沢にひらけた水田の経済力を背景に、関東平野の北部と西の山地のはずれには、いたるところに大小の館《やかた》や城が築かれた。囲碁の勝負が、しばしば周辺部の確保から開始されるようなものである。

その意味からも関八州の支配者として登場した徳川家康は大物であった。彼の江戸城は最初から日の当たる城となるべく運命づけられていた、といってよい。そこにかつて太田《おおた》氏とか江戸《えど》氏とかが城を構えていたとしても、それらは家康の先人ということにならないのである。

なぜなら、家康は関八州の要石として江戸城を考えたのに対して、江戸氏や太田氏は、千葉《ちば》・里見《さとみ》・豊嶋《としま》氏など、すぐ目と鼻の先の豪族に対する拠点として、海にのぞむ台地に城を築いたのであった。

家康が入部するまでの江戸城はむしろ、うらさびれた小城という点では、わたしがこれから書こうとしている八王子城や滝山城と同じであったであろう。

領主の居館

八王子《はちおうじ》城は山ひとつをそのまま城にしたもので、本丸でもある山頂に立つと、遠く甲州街道やJR中央線、中央高速自動車道路などを見ることができる。小田《おだ》原《わら》城が東海道をおさえる関門として、城の存在意義があったように、八王子城は甲州街道のおさえであって、これを落とさないかぎり、関東・甲州の行き来は安全を保てないことは明白である。おまけに数十坪の広さの山頂から二、三〇メートル下ったところに井戸がある。周囲を谷に囲まれた独立山であるから、どうして、この高所にまで水脈が通っているかふしぎであるが、井戸もこの山が城としてえらばれた大きな理由であろう。

その位置、展望しうる範囲の広さや水の便などを考えれば、ここが軍事上の要点であることはだれにも納得できる。しかしこれは政治勢力の中心地としては、あまりにも山に入りすぎている。関八州を支配する勢力の要塞《ようさい》のひとつ、あるいはそういう勢力に反逆する野武士——いまでいうゲリラ——の根拠地としてならふさわしい。しかしここに城が築かれ、小田原北条《ほうじょう》という一豪族の支城として大きな意味をもつにいたったのは、それなりの理由がある。

足利《あしかが》市に残る足利氏の本拠地は堀をめぐらせた四角い土地である。堀の残土は四囲の土塁に使われたであろうし、今日のように土塁の上に塀《へい》などもつくられていたかもしれない。これが鎌倉時代の豪族の居館の典型的なもので、この種の遺構は今日、関東地方の各地に見ることができる。世田谷《せたがや》・奥沢の九品仏《くほんぶつ》がそのひとつである。

足利の館《やかた》跡よりは小さいが、今日、寺として残っているこの豪族の居館跡はやはりほぼ正方形であって、いまでも北と南には土塁の跡がはっきり残っている。北に川が流れているから、これはある時期、堀として利用されたか、あるいは利用する意図があったかもしれない。

この形式の屋敷の構えは、江戸時代にまで残る。

江戸時代になって海沿いの東海道に大小の集落ができたが、この新しい開発地と、古い開発地——いわゆる鎌倉街道沿いの、鎌倉から厚木《あつぎ》・八王子・川越《かわごえ》を経て、足利などの北関東に抜ける地域——との中間は無住に近い山林・草原であった。今日のJR中央線の新宿から西、立川《たちかわ》のあたりまでの地帯である。

元禄《げんろく》時代に、狭山《さやま》丘陵地帯の村野《むらの》氏に属する一族が、いまの立川駅の北の砂川《すながわ》地区をひらき、みずから砂川と名のった。昭和三十年ごろ、米軍の基地であった立川飛行場の拡張問題で、全国的に有名な砂川事件のおこったところである。この砂川一族の宗家の屋敷が五日市《いつかいち》街道に残っていて、やはり正方形の構えである。砂川の名のもとになった水流を屋敷内に引き入れている点も、足利の館跡、九品仏と共通の要素である。

そのころ立川から東の江戸に出ようとして道に迷って渇き死にした人の記録が砂川家にあるというから、当時の武蔵野《むさしの》平野に、いまの豊島園《としま》・善福寺《ぜんぷく》・井頭《いのかしら》・洗足池《せんぞく》など、自然の湧《わ》き水のあるところは、オアシスのように、農耕民が住み着いていても、平野部のほとんどはまだ人間の利用を拒否する土地であった。山沿いの土地は沢を利用して田がつくられ、多摩《たま》川・荒《あら》川など、川のあるところで、しかも当時の乏しい労力・資本と未発達の技術力で開発可能な土地では、奈良時代以前にさかのぼりうる定住農耕地帯があった。

したがって、鎌倉時代には、多摩川沿いの農業地域には九品仏のような豪族屋敷が各地に営まれていたのであろう。つまり、この時代の武蔵《むさし》の中心は今日よりはるかに西にあった。氷川《ひかわ》から青梅《おうめ》を経て、国分寺《こくぶんじ》・府中《ふちゆう》(平安時代の武蔵の国府跡である)の南を流れて、やがては東京湾にそそぐ多摩川流域を根幹として、五日市から福生《ふっさ》近くで多摩川に合流する秋川《あき》流域、小仏峠《こぼとけ》から八王子を経て、今日の百草園《もぐさ》の近くで多摩川に合流する浅川《あさ》の流域が、武蔵の先進地域である。

もっとも飯能《はんのう》から入間川《いるま》・荒川となって東京湾にそそぐ農業地域もあるのだが、ここでとりあげる城とは無関係なので、あえて考えないことにする。

大石家

南北朝から足利《あしかが》時代にかけて、この付近で威をふるった豪族に大石《おおいし》氏がいた。新田氏の追討に功があって、ここに所領をあたえられたのである。この一族は多摩《たま》川と秋《あき》川の合流点に近い土地の二宮《にのみや》に館《やかた》を構えていたから、おそらくこの二本の川の流域、ことにその合流点付近を支配していたと思われる。とにかく、大石源左衛門尉信重《げんざえもんのじょうのぶしげ》は、足利尊氏《たかうじ》の子で、関東公方《くぼう》であった足利基氏《もとうじ》から多摩一帯をあたえられたという。

二宮の居館の位置について二説ある。ひとつは二宮神社の境内、もうひとつは近くの丘の突端にある「おおやしき」である。わたしは現地に行っていないが、この両説とも正しいと思う。もし、神社の境内、神域というのが足利の居館、九《く》品仏《ほんぶつ》・砂川《すながわ》本家と同じく、原型は四角い構えで、せいぜい、土塁・塀《へい》・堀などをめぐらした程度であったとすれば、かたちとしてはこちらが古いと思う。いっぽう、「おおやしき」は大石氏があらたにつくった館であろう。そして旧館は、足利の居館、九品仏などがそうであったように、祖先をまつる寺院、一族の氏神に奉献したのであろう。

ではなぜ、四角の館から、丘の上に居所を移したか。それは二宮にはじめて居館をつくった大石信重自身が居所を移して、陣馬街道も相模《さがみ》(神奈川県)との国ざかいになる和田峠《わだとうげ》に近い松竹《まつたけ》城を築いたことによってうかがうことができる。

足利時代は武士の所領争いの激烈だった時代で、関東の武蔵《むさし》地区では武州白旗一揆《いっき》、平一揆などという土着の不平武士の連合が紛争をおこしており、この種の争いがやがては天下を二分する応仁《おうにん》の大乱にまで分極化がすすみ、さらにその争いが多元化して、父子・君臣・同族がたがいに争う戦国になってゆくのである。

大石信重は、古くからの武家の伝統に従って、勢力の中心である二宮の平地に館を構えたものの、土塁に塀をめぐらした程度の館では近隣の豪族に対して不用心である。もともとこのへんは関東武士の主流ともいうべき武蔵七党の一派の根拠地である。鎌倉時代からの勢力争いで弱体化しているとはいっても、右に述べたいわゆる国人一揆をおこすだけの気力とエネルギーをもっており、新参者としてこの土地に移ってきた新興の大石信重にとって、ここは安心して暮らせるところではなかった。

そこで、信重はまず、いくらかは軍事的に防衛的機能をもつ近くの丘の上に居を移し、つぎに、軍事上の配慮に徹して、勢力範囲としては、辺境に属する山の中に城を築いたのではないかと、わたしは考えている。

信重の子の憲重《のりしげ》は山内上杉《やまのうちうえすぎ》氏の配下で重きをなし、武蔵守の目代——いまでいうと副知事といったところだろうが——をつとめた。いくらなんでも副知事が隣の県まで数キロというところにいては、というので、南多摩《たま》の由木《ゆき》に城をつくって移った。これも丘陵地帯のなかの山城である。

大石一族は山内上杉方の重臣として、関東の戦国時代の前半期に活躍した。この一族は時に陣馬街道沿いの古城にもどり、また多摩丘陵に城を構えて、そこに進出することをくり返すのだが、信重から数えて五代目の顕重《あきしげ》は多摩川沿いの丘に高月《たかつき》城をつくり、その子の定重《さだしげ》は滝山《たきやま》城をつくった。

顕重から定重にかけての時代は、関東でも新旧の勢力の入れ替わる時代だった。まず関東公方の足利氏の衰亡と、その部下であるべき関東管領《かんれい》家の上杉一族の興起、上杉一族の山内・扇谷《おうぎがやつ》に分裂というかたちで関八州の秩序の上部構造が分解していった。大石一族も、関東公方の足利氏の直臣であったのに、いつの間にか山内上杉の旗頭というふうにそのあり方をかえてゆく。

さらに、出自すら明らかでない北条早雲《ほうじょうそううん》という男が関東一の勢力にのしあがってくる。彼は関東の古い支配階級の勢力争いに、いっぽうの下級将校としての足場をふりだしに、その特異な能力と運によって、大勢力をつくりあげるのである。十四世紀の後半には武蔵で新興勢力であった大石氏も、初代信重から百五十年たった十六世紀のはじめ、小田原《おだわら》北条氏の発展期には、すでに関東の旧勢力になっていた。そして顕重の代（十五世紀後半）には、山内上杉とその家宰《かさい》、長尾《ながお》氏の争いで、山内を敵にするようになった。顕重は、敵の敵は味方、というわけで、山内上杉の宿敵である扇谷上杉に近づき、その家宰である太田道灌《おおたどうかん》と結んだ。記録では道灌を顕重は二宮城で迎えたとある。

山内上杉は裏切り者の大石氏を憎んで、大石家の定重の代に征討軍をおこし、大石氏にとっての、実質上の根拠地である松竹城を落とし、定重は逃れて滝山城にこもった。二宮は、友好関係を結ぶために、かつての敵であった道灌を迎えるにふさわしい一族ゆかりの地ではあっても、敵と戦うためのものではなかったのである。

滝山城は定重がつくったものであるが、北は多摩川・秋川の合流点を望み、断崖《だんがい》の上にある。

定重の子定久《さだひさ》の代に家の安全を守るために、小田原北条氏を頼る。すなわち、北条氏康《うじやす》の次男氏照《うじてる》が、定久の娘比佐《ひさ》の夫となり、由井源三《ゆいげんぞう》・大石源三などと称した。定久は五日市《いつかいち》に隠居して死んだ。定久の養子、氏照は一旦は大石家を継いだが、のちに本姓に復し北条氏照と名のった。大石家は北条家に乗っとられたのである。

この時期の滝山城の古図を見ると、鎌倉時代の武士の館と共通する部分と違う部分が見られる。共通部分とは、なるべくなら、方形の平地をつくって、そこに居館を営もうとすることである。違う部分とは、古い豪族の館は、下人の居住区をふくむとはいえ、独立してつくられていたのに、高月・滝山城では、方形の館跡と思われるものがいくつか、一か所に集まっていることである。しかも個々の館はたがいに複雑な地形を利用して連携し合い、ひとつの複郭陣地——城——をつくっている。個々の館のある方形、または方形に近い屋敷の、土塁や塀で囲まれたところを曲輪《くるわ》・丸などとよんでいるが、要するにこれはかつては独立した武士の館の変形したものにちがいない。

戦闘の城

鎌倉時代には武士の館《やかた》はそれぞれの領土のうちにあった。地域的には離れている館と館は、血縁・主従関係などによって、有機的につながっていたのであった。それが、高月城《たかつき》のつくられた時代になると、館が一か所に集まる。そして本丸とよばれるようになる。主人の館を守るようなかたちで、いくつもの豪族屋敷が連なる形式をつくる。滝山城《たきやま》では、その構成はさらに複雑になり、曲輪《くるわ》は魚鱗《ぎょりん》のように関連し合いながら、本丸を守っている。

もちろん、曲輪のなかには、家臣・一族の居住区ではなく、純粋に軍事的な施設である桝形《ますがた》とか矢倉台、といったものもある。しかし日本の城が基本的には武家屋敷の集合したもので、それぞれの家で防衛戦を行なうことが、全般的防備、ことに本丸を守ることになるように設計されたものということが、関東の古い居館から、高月・滝山城という変遷を見ると、いえそうに思える。

つまり、自分の領地の中央に館を構えているようでは、敵に各個撃破されるのみならず、国人一揆《いっき》という旧勢力の武士団に攻められてもかなわない。しかも、一族であろうとも、裏切られるおそれも生じうる。そういう時代では、ひとつの組織に属す領主たちは、自己の領地を離れ、軍事的要害の地に、主君を中心に集合住宅を営む必要が生じた。これが城の発生にちがいない。城が不便な場所にできると、武士の生活のために、定期的に市《いち》がひらくこともあろうし、一歩すすんで、城下町がつくられるようにもなる。

北条氏照《ほうじょううじてる》が滝山城に本拠を置くところに、関東地方は、越後《えちご》（新潟県）の上杉謙信《うえすぎけんしん》、甲州（山梨県）の武田信玄《たけだしんげん》および、小田原《おだわら》北条氏の死闘の脇《わき》舞台となる。ことに謙信は信玄の右翼を牽制《けんせい》するために、部将、宇佐美駿河守《うさみするがのかみ》に一軍を授けて、北関東から、長駆、武蔵《むさし》に攻めのぼらせた。天文《てんぶん》二十一年（一五五二）のことであった。このとき、滝山城は攻め落とされはしなかったが、北条氏照は宇佐美に敗れて苦杯をなめたのであった。

その十七年後の永禄《えいろく》十二年（一五六九）、武田信玄が関東に侵入してきた。信玄はいまの拝島《はいじま》あたりに陣をしき、その子勝頼《かつより》に滝山城を攻めさせた。滝山城の北と南（厳密には北東と南西）はそれぞれ多摩《たま》川および、それとほぼ平行する崖《がけ》や斜面になっている。東西が山つづきで、比較的攻めやすい。勝頼は東西から城をはさみ撃ちにした。一の木戸を破られ、二の丸も危なかったが、北条氏照はかろうじて城を守り抜いた。

小城にかかずらわっていることの危険と無意味さをよく知っている信玄は囲みを解いて、小田原方面に機動戦を行ない、三増《みませ》の合戦ののちに、甲州に引き揚げた。このときの経験にかんがみて、氏照は滝山城が、武田軍に対する守りには有効でないことを思い知らされ、八王子《はちおうじ》城を築いて、ここに移ることにした。北条一族での氏照の重要な使命は変幻自在に軍を使う信玄の動きを見はることであった。謙信もその点、油断のならない敵だが、越後軍が関東に入ってくるのは北関東の三国峠《みくにとうげ》・碓氷《うすい》峠からであって、北条氏の直接の脅威となるまえに、その事実を知ることができる。

ところが、甲州軍が笹子峠《ささごとうげ》・小仏峠《こぼとけ》を経て、関東平野に出てくるまでは、北条氏としては、その動きを知りにくいし、知ったときはすでに手おくれになる可能性がある。永禄十二年の甲州軍の侵攻作戦にしても、北条軍の反応がもうすこし鈍かったら、滝山城は落とされ、武田信玄のための、関東支配の橋頭堡《きようとうほ》になったかもしれないのである。

そこで、甲州街道の動静をさぐり、同時に遠く府中方面まで監視できるような場所が必要であった。八王子城は、そういう観点からえらばれたのである。ここからは、まえに述べたように、甲州街道を眼下に見おろし、晴れた日は東南の方に大磯《おおいそ》の坂田《さかた》山までながめられるという。

八王子城と高月・滝山城

しかし、秋川《あき》・多摩川《たま》の合流点に近い二宮《にのみや》から関東でのスタートを切った大石《おおいし》氏が、一時は戦乱の時代を生き抜くために、和田峠《わだとうげ》の下にまで引っ込んだものの、高月《たかつき》・滝山《たきやま》と山沿いにふたたび平野部に出てきたのであった。ことに高月城にいたっては彼らの故地二宮から直線距離にして、二キロと隔たっていない。最初の半居館・半城郭であったとわたしが考えている「おおやしき」から一キロとすこしである。

また、長年、敵側であった扇谷上杉《おうぎがやつうえすぎ》の重臣であった太田道灌《おおたどうかん》を、大石氏が二宮の地で迎えた点から考えても、彼らのこの土地に対する愛着——一族発祥の地という自覚——は強かったと思われる。

それだけに松竹城《まつたけ》に引っ込んだものの、一族の勢力に自信ができると、高月城にもどった。そして二宮城——あるいは館《やかた》——の方は氏神などを中心として、精神的な中心としたのであろう。そして配下の豪族たちを集めた集合豪族屋敷ともいうべき高月城をつくったものの、その規模、曲輪《くるわ》の数はあまりにも少ない。本丸である大石氏の敷地をのぞくと、曲輪をもてるほどのおもだった武士は二、三家ほどしかなかったようにみえる。これが大石氏の勢力の限界であったのだろう。

いっぽう、北条氏照《ほうじょううじてる》の滝山城になると、本丸をふくめて、曲輪に相当するものが五つある。徳川初期の図と実測によると、本丸二千三百坪、二の丸四千三百坪、千畳敷二千坪、三の丸五百五十二坪、小宮郭五千百二十坪。そのほか、二千坪以上の区画を三つはふくむ家臣屋敷が九千六百坪。例によって、本丸に井戸もあるから、ここにも居住可能だが、ここははたして城主の館があったものか、純粋に軍事的施設であったかはわからない。しかし高月城とくらべればその規模の差は段違いで、これが大石氏と、支族とはいえ、北条氏の力の差であるかもしれない。

大石氏が松竹城に一時、退いたように、北条氏照も、謙信《けんしん》・信玄《しんげん》による相次ぐ侵攻に危機感をおぼえたのであろう、八王子《はちおうじ》城に引っ込むことになった。滝山城が実戦用の城と居館を兼ねるものであったとすると、こちらは純粋に軍事用の城、砦《とりで》である。

平地から八王子城への道は、いまではピクニックコースとして好適だが、これから坂道にかかろうとするところに、氏照のつくった宗閑《そうかん》寺がある。現代の道は宗閑寺の前から渓流《けいりゅう》を左に見て、東京造形大学の方へのぼってゆくが、当時は土手から渓流を渡って、その右岸沿いに行く道があって、いまの道はなかった。いうまでもないことだが、流れの下に向かって左を左岸、右を右岸というのである。

つまり、渓流を城の濠《ほり》に使うためであって、宗閑寺は流れを渡る橋のたもとにあって、敵が左岸沿いに前進しないための砦の役と、そちらのコースから関心をそらす目隠しに使われたのである。もちろん、寺の後ろの川の左岸は自然の雑木林で、軍隊が通り抜けにくい状態であったと思われる。

一キロほど流れに沿って行くと、いまでいえば登山口。当時でいうと、いよいよ城の城門ともいうべきところにさしかかる。今日でもここに引橋の跡がある。

ふだんは橋があっても、有事の場合は河の向こうにとり込んでしまう橋である。攻城軍は当然、ここで城に直面して渡河の手段を講ずるであろう。流れを越えた右に山下曲輪、正面にアシダ倉曲輪——おそらくは防衛用の矢倉——がある。山下曲輪とアシダ倉曲輪は同じものの異名だともいわれる。

ところが攻城軍の背後の山林のなかに太鼓《たいこ》曲輪というのが隠されている。これはおそらく攻城軍を背後から奇襲したり、坂道をのぼってくる敵軍の隊列に対してゲリラ的襲撃を行なうためのもので、流れの上手にある二つの引橋によって、城内と行き来しえたのであろう。上手の橋というのは、最初の橋から三〇〇メートルほどの上流にある二つの引橋で、下流のものから、台所門・参所門という。

この名まえから想像されるように、この二つの橋を渡ったところに、御守殿跡とよばれる三千坪弱の四角い平地があり、ここに氏照の邸《やしき》があった。昭和三十三年の発掘ではここから鉄片・鉄砲弾・古銭などとともに、青磁・白磁、中国産の陶器の破片などが出土したという。本丸というか、城の中枢部にのぼるのには、山下曲輪からのコースと御守殿からのとがあるが、道はやがてひとつに合し、いくつかの曲輪、というよりも急な坂道のところどころにつくられた柵《さく》や門を通って、小宮曲輪の真下に出る。それはあたかも、船の舳先《へさき》のように、直線の山道の正面にそびえている。わずか一〇メートルほどの崖《がけ》の上だが、左右は谷で正面からの攻撃を覚悟しなければ、小宮曲輪にとり着けない。

八王子城の山頂部はいくつかの峰になっていて、その峰や中間の凹地に、小宮曲輪・月の輪曲輪・中の丸・松本曲輪、などがつくられ、その奥、最高地にあるのが本丸である。そしてこれらの曲輪をもつ山頂部のぐるりに、幅三尺（約一メートル）ほどの馬場道という周遊圏がある。これは警戒兵のパトロールと緊急のさいの兵力移動の通路であろう。馬場の下はだいたいにおいて、平均四十五度の急斜面であり、寄せ手は草の根をつかみながら、よじのぼったところを、馬場道を利用して駆けつけた城兵に、上から突き落とされる、ということになる。まえに述べた井戸というのは、本丸の真下、馬場道より一〇メートルほど高い場所、松本曲輪と本丸というふたつの峰の間の凹地にある。

本丸の東は多くの曲輪に守られているが、北と南と西は深い谷と山である。ただ東北と南西の方角は比較的傾斜がゆるく、谷も浅い。東北方面は平地につながるので、この城の弱点である。深い山に続く南西の谷の先に、詰の城（あるいは詰の丸）がある。つまり、寄せ手の目を盗んで退却するためのルートであり、詰の城は退却後の方策に自信がなければ、自害をする場所でもある。わたしは行かなかったが、ここは一坪余の平地が中心であるという。

これは滝山城のような、武士の集合住宅とはだいぶおもむきを異にする。曲輪にしても、山下曲輪を別にすると、居館として使えるのは御守殿だけで、山頂部の馬場道より上は、平常は警戒兵程度がいるだけで、ここの曲輪に人が住むのは、敵に包囲されたときだけであろう。

落城

八王子城《はちおうじ》がつくられた年については諸説があるが、その軍事的利点として、見張り所、避難場所として最初使われ、永禄《えいろく》十二年（一五六九）の信玄《しんげん》の関東遠征以後、東海道に対する小田原《おだわら》城のような意味で、氏照《うじてる》によって、ここが着目された。その四年後、信玄が死に、天正《てんしょう》十年（一五八二）、武田《たけだ》氏が滅亡してから、本格的に築城工事がなされたと思われる。八王子城はよく甲州口をおさえて南の小田原城を援護するという責任を果たしたというべきであろう。

永禄年間（一五五八～七〇）の関東の大名というと、昔日の権勢を失った足利《あしかが》氏をはじめ、佐竹・千葉・里見・那須《なす》・宇都宮《うつのみや》・結城《ゆうき》・長尾・成田《なりた》・吉良《きら》氏。いずれも二流の大名ばかりであった。したがって北条《ほうじょう》氏としては、上杉《うえすぎ》・武田・今川《いまがわ》氏、のちには織田信長など、山のかなたの超一級の大名にそなえていればよかった。

しかし、謙信《けんしん》・信玄の相次いだ死に象徴される時代の動きに、北条氏は鈍かったといえる。弱い関東の大名に背を向けて、西の強力な軍隊にそなえていれば安泰という時代は、北条氏にとっては過ぎ去っていた。織田信長をはじめとして、徳川《とくがわ》家康・毛利元就《もうりもとなり》・豊臣秀吉のようなスーパー大名が出現しはじめていたのである。

天正十八年、豊臣秀吉は、天下統一のための、実質的には最後の戦いになるべき小田原征伐を行なった。このときの八王子城は甲州街道を経て甲州から関東に入る敵をおさえるという、軍事目的をすでに失った状態にあった。甲州からの峠《とうげ》越えの山道だからこそ、行軍隊形が細長くなり、わずかな兵力でも、おさえることができる。秀吉の小田原攻めのときは、前田《まえだ》・上杉氏といった、単独でも北条氏の手にあまるような大名が、秀吉の命令のもとに、連合軍となって、まず北関東に入り、南下してきた。いっぽう、主力は東海道から箱根《はこね》を越えて小田原城を囲んだ。

この形勢に北条氏の圧迫下にあった関東の諸大名は、相次いで秀吉軍に馳《は》せ参じ、遠く離れた仙台の伊達《だて》氏までが、秀吉の軍に加わるにいたった。北条系の城はつぎつぎに落とされ、上杉・前田の連合軍はこの年の六月二十三日、八王子城を囲んだ。

氏照は宗家を継いだ甥《おい》の氏直《うじなお》をたすけて小田原城にこもり、八王子城を守るのは、氏照の重臣、横地監物《よこちけんもつ》であった。すでに八王子城はその設計者の意図からすれば甲州街道の喉元《のどもと》をおさえるという地位を捨て、不本意な使われ方をしている。おまけに主人は小田原にいる。しかも、天下に北条氏は孤立していた。士気がふるうわけはない。小田原の宗家の家老が豊臣軍の案内に立ったありさまである。八王子城でも上杉軍は本来なら城が伏兵を置くべき太鼓曲輪《たいこくるわ》に陣どり、前田軍は北から攻めた。城の東北方面は傾斜がゆるく、尾根のようになっており、城側はここに何重にも石塁をバリケードのようにつくったが、前田氏はこの尾根から攻めたのであろうか。正面からする攻撃と相まって、城は一日で落ちてしまった。

守将の横地監物は西南の詰の城（詰の丸）に逃れて、ここで自刃したという説と、小河内《おごうち》（いまの小河内ダムのあるあたり）に逃れて、そこで切腹したという説がある。

中の丸という山頂部では比較的低地にある部署を守っていたのは、中山勘解由《かげゆ》左衛門《ざえもん》家範《いえのり》という武士であった。手勢三百を率いて戦っていたが、山頂の本丸も落ちたとき、彼は館《やかた》に入って、妻子を始末して、自分は割腹した。前田軍がここに乱入したとき、家範の妻はまだ生きていたが、懐剣を口にふくんで伏して自害したという。生き残った子どもは家康に認められて旗本に加えられ、この家がのちに、水戸《みと》徳川の家老になった。

戦国にはこの種の美談をよく耳にするが、のちに関八州を秀吉からあたえられた家康は、そこに残る旧勢力を手なずけるためにも、その子弟を部下に加えざるを得なかったのであろう。その点、孤児となった上級武士の子というのは、成人したときには、旧勢力は消滅していて、彼が反抗運動の指導者になるおそれはなく、また幼児のうちは、彼が一種の人質の役をして、旧勢力の闘志をくじくことになろう。家康は武田の遺臣も大量に採用しているが、これは武田武士の織田氏に対する恨みを利用して、将来、織田と争うときにそなえたのかもしれない。

八王子城が落ちた十日後に、小田原城も落ち、氏照は兄氏政《うじまさ》とともに城下で切腹した。宗家を継いで名目上の当主であった氏政の子の氏直は、わが身を犠牲にして父を救おうとした気概を認められて、一命を許されて高野山《こうや》に行ったが、ここで死んだ。切腹した氏政・氏照の弟の氏規《うじのり》はその人柄を秀吉に愛され、徳川時代を通して、一万石の大名として家名を残した。

八王子城の近くに北条氏照の墓といわれるものがある。氏照のつくった宗閑寺《そうかん》に、遺臣が墓をつくったというのだが、今日、宗閑寺から歩いて十分ほどの稜線《りょうせん》の上に二、三十基の古い墓があり、そのひとつが氏照のものとされる。旗本になった中山氏をはじめ、ゆかりの人びとが、この城で死んだ肉親・主従のために宗閑寺で法事を行ない、また墓所を築くことはおおいにありうることである。

八王子城はこのとき以来、廃城となった。徳川氏は甲州を直轄の、あるいは将軍の肉親の領地とすることによって、東海道へにらみをきかせ、かつ、信濃路《しなの》をも牽制《けんせい》したから、八王子城のような、甲州からの侵入軍を防ぐゲリラ戦向きの山城を必要としなかったのである。むしろ、この城の役目は、今日の八王子市内に駐屯《ちゅうとん》を命じられた千人同心に引き継がれたのであろう。

躑躅《つつじ》ヶ崎《がさき》館《やかた》

土橋治重

どばし・じじゅう

1909年～1993年。山梨民友新聞、朝日新聞に勤務。主な作品に「武田信玄」「北条早雲」、詩集に「根」など。

聞こえる低い声

躑躅《つつじ》ヶ崎の館《やかた》はずっとまえは古城《ふるしろ》といっていた。甲府駅前の浅野長政《あさのながまさ》が完成した甲府城（舞鶴城《まいづる》）を、お城《しろ》とよんでいたのに対比したものであろう。しかし、大正八年（一九一九）に躑躅ヶ崎の館跡に、武田信玄《しんげん》を祭神とする武田神社ができてから、古城を武田神社というようになった。だからいま、甲府の一般の人たちには躑躅ヶ崎の館、または古城といっても通用しない。タクシーの運転手にも、武田神社へ、というとすぐわかる。

わたくしは甲府の近くに生まれ、信玄の話をよく聞かされて育ったので、この館にはじつにしばしば行った。はじめから勘定してみると、おどろいたことに三十回にもなる。

これも転勤して歩くその先々や、いま居住している埼玉県から行ったのだから、自分ながらよく行ったものと思う。わたくしに信玄の話を聞かせてくれた祖父は大の信玄狂であったが、子どものころからそんな話ばかり折にふれては聞かされていると、話は精神の隣あたりに居すわってしまう。理性ではどうにもならないようだ。

これが館によく行ったおもな理由だが、じつはもうひとつの秘密の理由がある。これはわりあい最近のことである。

館を東曲輪《くるわ》（中曲輪もふくむ）と西曲輪をわける空濠《からぼり》の奥に、太い雑木が茂っている。ここは土塁も空濠もほとんどむかしのままだ。ここの土塁の端に腰をおろし、静かに耳を澄ましていると、低いつぶやく声が聞こえてくるのである。館そのものの声だ。

館は武田信虎《のぶとら》が永正《えいしょう》十六年（一五一九）に築いてから満六十二年間、信虎・信玄・勝頼《かつより》の三代にわたってその居館となったものだが、その間の経験をまるで反芻《はんすう》するように、ゆっくりとつぶやくのである。わたくしは古い館がつぶやくということをはじめて知った。

滅びてしまったものが、館の生理になにかの作用をあたえるのかもしれない。わたくしにこの声が聞こえるようになったのはここ十年ばかりまえからである。わたくしの耳は年齢に反してよくなったのかもわからないが、その十年間に年一回ずつ十回訪れて、館のつぶやく物語を聞いた。物語はいつも同じではない。わたくしを意識してか、しないでかはっきりはしないが、そのつど題材をかえるのである。

わたくしがもうひとつの秘密の理由といったのはこのことなのだが、秘密というのはまだだれにも話していないからだ。館のこの話にはわたくしはすごく興味を覚え、家にいてもわくわくするが、そうしょっちゅう行くわけにはいかない。館はむかしのものがたさをもっていて、間隔の礼儀にもうるさいだろうから、年一度くらいでなければ怒らせてしまうのではないか、とわたくしは思ったのだ。

それで、心をおさえてそのとおりにしたのである。

待ち遠しい一年という期間をおいて、わたくしが三十一回目の訪問をしたのは、昭和五十二年の晩秋であった。土塁の端に腰をおろしたが、草が枯れて冷たいので新聞紙を敷いた。

館はまるでわたくしを待っていたように、しゃがれた声でつぶやきはじめた。

いうまでもなく古い甲州弁である。

正室側室

――諏訪《すわ》の頼重《よりしげ》様のご息女は、ひどくお気性のはげしい女性《にょしょう》でごした――。

ほう、とわたくしは思った。『甲陽軍鑑《こうようぐんかん》』品第二十四に「諏訪家断絶、但頼茂《よりしげ》（重）息女其年十四歳になり給う。尋常かくれなき美人にてまします。これを晴信《はるのぶ》公妾にとある儀也」とあるように、有名な麗人なのだ。わたくしはかねてからこの人について話を聞きたかった。

――この諏訪姫がわしの館《やかた》に連れてこられやしたのは、天文《てんぶん》十一年（一五四二）の暮れでごしたが、まだ年端もいかないのに、一重瞼《まぶた》の大きな目は涼しく、皮を脱いだばかりの若竹のようなからだには、女になりはじめたいたいけなみずみずしさがありやした。

晴信公の女性は、正室の三条《さんじょう》様と側室の根津《ねづ》姫がおられやしたから、諏訪姫を入れて三人になったわけでごいすが、ひと月ばかりすると、諏訪姫と三条様はすっかり仲がわるくなってしまわれやした。三条様は公卿《くぎょう》の姫君で気位が高く、ときどき晴信公にも見さげたようなことばを使われやしたが、年端もいかない諏訪姫などはてんで眼中になかったようでごした。姫があいさつしても、ぷんと横を向いてしまわれやした――。

わたくしはふたりの女性のことについては多少知っていたが、反目しあうようすが目に見えるようだった。

――つまり、申せば妻妾《さいしょう》同居で、三人の女性で晴信公を共有するわけでごいすから、三条様としてはこのような子どもにもひとしい女に、一時でも晴信様を所有されやすのは、気位高い女の気持ちがおだやかではなかったのでごいしょう。

三条様にはそのころふたりの御子までありやしたが、女性の気持ちというものはなかなか複雑なものでごいす。しかし三条様は根津姫とは仲がよく、ときどき声をあわせて笑ったりなどしていやした。根津姫はぽちゃぽちゃした丸い顔のおとなしい娘御《むすめご》で、他人の言うなりになる性質だから、三条様には晴信公をおすそわけしてやるお気持ちがあったようでごした——。

なるほど、おすそわけとはうまい表現だとわたくしは思った。

——ところで、諏訪姫は根津姫とはあべこべで、長面のその顔を一度も笑いにゆるめたことはありませなんだ。いまも申しやしたように、大きな一重瞼の涼しい目は、相手を許さないというように、だれでもじっと見つめるのでごした。生まれつきでございしょうが、父を晴信公に殺され、その妾にさせられたという恨みが、しょっちゅう胸のなかを往来したこともありやしたろう。晴信公はこのような女性を抱いて寝て、どこがおもしろいのかとわしは思わずにはいられやせなんだ——。

男と女の場合、仇《かたき》同士ということが双方に昂奮《こうふん》をもたらすのをわたくしは知っている。だが、まじめな館の主《あるじ》は、そんなのは知らないようだった。

——そうこうするうちに、三条様と諏訪姫の間は手がつけられないくらいわるくなりやした。晴信公はうろうろするばかりでごした。武器をとっての合戦とはまったく違うものでごいす——。

諏訪姫刃傷

——三人の女性《にょしょう》は西曲輪《くるわ》の奥向き御殿に、それぞれきれいな部屋をもたれ、お付きの女中衆の間《ま》も付属していやした。だから晴信《はるのぶ》公がどなたの部屋で夜を過ごされるかは、すぐわかり申した。天文《てんぶん》十二年（一五四三）五月のことでごした。ここに新しい御殿が再建されて女性たちは木の香もすがすがしい部屋に移られやした。というのは、この正月、曲輪の外の大火事の飛び火で御殿が類焼したのでごした。

晴信様は女性たちが移られたその夜は、三条様《さんじよう》のところで過ごされやしたが、三条様は正室なので、新築成った御殿の初夜としては当然のことでごした。しかし、このことでたいへんなことがおこりやした。かれこれ子《ね》の刻(午前零時)近くでもごしたろうか。諏訪姫《すわ》がおふたりの寝ているところに忍び込んできて、

「このおびんずる、くたばれ！」

と叫びながら、懐剣で三条様の咽喉《のど》を突いたのでごいす。ぱっと血が吹き、三条様は悲鳴をあげて寝床からころげ出やしたが、急所をはずれていて、命に別状はごいせなんだ──。

これはまったくわたくしの想像もしないことだった。こんな事件があったのだろうか。おびんずる、という悪態は諏訪や甲州では、顔がのっぺらぼうの感じでつるつるしている人をいうものである。

──びっくりして飛び起きた晴信公は、すばやく諏訪姫の懐剣をもぎとりやしたが、諏訪姫はもぎとられてもなお懐剣のような目で、三条様をにらんでいるのでごした。その大きな一重瞼《まぶた》の鋭い目。わしは息をとめやした。らんらんと光っ

ているその目は、美しいとさえいえるものでごした——。

わたくしはまじめな老館主にしては、なかなか敏感ではないかと思った。こういう目にひきつけられるのは、女性に関心をもっている証明である。たしかに大きな一重瞼の目は美しい。わたくしはエジプトの彫刻の一重瞼の女が好きだが、その目が怒りをふくんだようすを想像した。

——晴信公もその目が好きなのでごしたろう。けれども、肌《はだ》の黄色い、つるりとした感じの毛の薄い三条様もきらいではないようでごした。この刃傷のできごとはたちまち、館《やかた》中の騒ぎになりやした。晴信公はこんどはほんとうに、うろうろするばかりでごした。傷が浅かったから三条様はまもなくよくなりやして、諏訪姫とは対立しながらも、まあ、事なく日がたってゆきやした。というのは、晴信様がしょっちゅう合戦に出ていって留守が多いということもありやした——。

館の主《あるじ》はここでゴホン、ゴホンと咳《せき》をした。館が六十二年間つづき、主は数えの六十三歳になっているのだから、老人の咳《しわぶき》というものであろう。

諏訪姫再度の刃傷

――それから二年ばかりたって、また諏訪《すわ》姫の刃傷沙汰《ざた》がおこりやした。ちょうど合戦から帰ってきたばかりの晴信《はるのぶ》公をめぐって、三条《さんじょう》様と喧嘩《けんか》になりやした。諏訪姫が晴信公のいちばん好きな女性《にょしょう》が公を八分どおりお迎えし、あとの二分をふたりの女性でわけると言い張ったのでごした。諏訪姫はもう、見る目にも心騒ぐきれいな女性になっていやしたから、晴信公の愛情にはよっぽど自信があったのでごいしょう。これにはおとなしい根津《ねつ》姫も、さすが不服をとなえやしたが、この喧嘩はやっぱり諏訪姫の勝ちでごした。姫は最初の晩もつぎの晩も、またそのつぎの晩も晴信公を独り占めにしやした。ところがどうでごいしょう。勝った諏訪姫が負けた三条様を刺したのでごいす。三晩目の夜明け近く、諏訪姫と三条様はご不浄で鉢《はち》合わせをしやした。姫は男の愛情に十分満足していやしたし、三条様は寝つきのわるい夜々を過ごしたようでごしたが、姫は戸口に待っていて三条様を懐剣で刺しやした。三条様は「人殺し！　たすけて」といって、そこにうずくまってしまいやしたが、これもまたたいへんな騒ぎになったのでごいす。で、これはどこを刺したと思いやすか。下品のようでごいすが、下腹部でごした――。いや、下腹部は下品ではない、とわたくしは心のなかでいった。下腹部が下品なら、ご不浄で用をたすのはもっと下品である。

――わしはあきれてしまいやしたが、それといっしょに、血のついた懐剣を右手にかまえて、じっと三条様をにらみつけている諏訪姫の姿に目を奪われやした。さきに話しやしたように、姫は大きな一重瞼《まぶた》の目をしていやすが、その目をぐぁっと見ひらき、仇《かたき》をにらんでいるのは、この世のものとも思えぬ「あで姿」でごした。

このまえ、三条様を刃傷されやしたときよりも、数段目が美しくなられやしたのは、女性の性《さが》というものに艶が加わったというものでごいしょうか――。

わたくしは、諏訪姫にあきれた館《やかた》の主《ぬし》にまたあきれた。この老人はまじめな性格のなかに、好色の感情もかくしているのである。さもなければ、このように一重瞼の女に執着するはずはない。老人というものは、もともと好色だということを、わたくしはうっかり忘れていたのだ。

――晴信様も、もう女性の合戦にはだいぶ経験を積まれるようになっていやしたから、かたちばかり姫をお叱《しか》りになりやして、とうとう諏訪の上原《かみのはら》城にお移しになられたのでございす。これ以上、諏訪姫をこの館におきやしたら、三条様を殺すことにもなりかねないと思われたようでごした。上原城は姫が生まれた城でごいすが、このころは酸いも甘いも嚙《か》みわけた板垣駿河守信方《いたがきするがのかみのぶかた》殿が城代としていやしたし、もとの諏訪家中の武士たちもたくさんおりやしたから、姫にとってはいちばん住みよいところでごしたろう。輿《こし》にのってこの館を去られた諏訪姫は、もうふたたびこの館に姿をお見せになることはありませなんだ。晴信公がこのあとも、ほとんど信州でばかり合戦をなされやしたのは、諏訪姫のいる上原城にお寄りになりたいからだと、わしは思いやすが、いかがなもんでごいしょう?――

そうかもしれないとわたくしは思った。女の愛情からすると、そのようにも見ることもできよう。

――さて、下腹部を刺された三条様でごいすが、そのあと姫がふたりも生まれておりやすから、おからだのはたらきには別状はなかったわけでごした。それどころか、このことがあってから、つるつるした黄色い顔がいきいきと輝いてきやしたのは、刺されたことで女性のはたらきが格段によくなったものと思われやす――。

ここまで話してきて、館の主はしばらく黙したが、わたくしには彼が微笑をふくみながらひと息入れたように感じられた。ゴホン、ゴホンという咳《せき》が聞こえないのは、彼が緊張して女の生理について、さまざまな関連事項を思っていたのかもしれない。

それにしても、正室三条氏と諏訪姫とのこのような女の葛藤《かっとう》は、どの史書も伝えず、伝説にもないのである。

歴史というものは骨組みだけを残して、あとは消滅と改竄《かいざん》の運命を負っているようだ。これらの事実も消滅のなかにくり入れられ、館の主をのぞいてほかに知るものはいない。

死を知っていた信玄

——時というものは流れるものでごいす——。

館《やかた》の主《あるじ》は哲学のにおいのすることばをいう。

——わしはいままで、いまお話しやしたふたりの女性《にょしょう》をはじめ、館にかかわりのある晴信《はるのぶ》公のお父上信虎《のぶとら》公の合戦のようすやその追放の話、三河《みかわ》浪人の山本勘《かん》助《すけ》・春日弾正《かすがだんじょう》のことども、さては晴信公息女の嫁入りや、御曹子義信《おんぞうしよしのぶ》様の自刃などについて、お話し申しやした——。

そのとおりである。わたくしはそれらの物語をみな聞いてきたのだ。だが、このとき、わたくしはそのことばで館の主がかってに自分で自分自身へつぶやいているのではなく、じつはわたくしに話してくれていることにはっと気づいたのだった。

なんと、迂闊《うかつ》であったろうか。

わたくしは会社に勤めていたときは平凡もよいところの平社員であり、いまは渺《びょう》たる浪人である。こんな男に守護《しゅご》の居館であるその館の主が話してくれることなどありえないと思っていたのだ。

だが、そのありえないことがおこっていたのだった。なら、十年まえから館の主はそのつもりでわたくしに話を聞かせていたことになる。

なんということだったろうか。

確かめてみたらよいではないか、と思われる向きもあるかもしれないが、相手には現世の人間の声などとどくはずもないし……これはやはり光栄として、黙って聞くのが礼儀だと、わたくしは思ったのである。

——時が流れて、年を拾われた晴信公とやはり年をとられたその女性の愛情について話しやしょう。これは三十年近くものちのことになりやすが、わしには元《げん》亀《き》三年（一五七二）十月二日の夜と三日の朝のことが忘れられないのでごいす。このころは諏訪《すわ》姫はもうとっくに亡くなり、三条《さんじょう》様も二年まえにこの世を去られやしたから、晴信公の女性は根津《ねづ》御料人と油川《あぶらかわ》御料人のおふたりだけでごした。油川御料人はあとから側室になられたお方でごいすが、おふたりとも四十の半ばを過ぎておられやした。年をとられた女性を姫とよぶのもおかしなもんでごいすから、御料人と申しやしたが、晴信公もこのころは信玄《しんげん》と号されやしたので、これからは信玄公とおよび申しやす。その信玄公も五十二歳になられやしたが、おからだがめっきりお弱くなり、床についたり、起きたりしていたのでごいす——。

こういうことは諸書も書いているのである。若いときからの持病の労咳《ろうがい》（肺結核）があるうえに、胃もすっかりこわしてしまったのはよく知られている。

——信玄公はしかし、京都にのぼって天下に号令するのが念願でごしたから、病床で十月三日出陣という陣触れを出されやした。

さて、出陣まえの二日の晩のことでごいすが、信玄公はいつものように根津御料人のお部屋においでになりやした。そこにはもう油川御料人も来ておいででごした。信玄公はこのころは三人でいっしょに愛情を交わされていたのでごいす。つまり、男ひとりと女ふたりなので、だれも覗《のぞ》くことのできない世界では、信玄公はふたりの女性を所有し、ふたりの女性はひとりの信玄公を所有するというわけでごした——。

わたくしはどきっとした。このようなことが理性の武人といわれた信玄にあったのであろうか。

——こうしたとき、信玄公は若いときには嫉妬《しっと》がはげしすぎて、こんなことはなかなかできぬな、と、笑いながらときどき仰せになりやした。この二日の晩も信玄公は、いつものように複数の愛の交流をお求めになりやした。しかし、ふたりの御料人は、わたくしどもを思ってくださるのはありがとうございますが、もう多年思っていただきましたからといって辞退しやした。そうか、と信玄公はあっさり納得なさって微笑しやした。ふたりが信玄公の御身を心配しているのがひとりでにわかったのでごいす。

そのかわり、おふたりは一晩じゅう両脇《わき》から信玄公のおからだを撫《な》でさすっておられやした。静かな愛情というものはこうしたものでごいしょうか――。

わたくしは一旦はおどろいたが、信玄の晩年のしあわせな愛情を思わずにはいられなかった。

信玄がふたりの女性を一時に愛したことなどももちろん、史料にも伝説にもない。だが、館の主が語るのだから、偽りであろうはずはなかった。

――明くる朝、床の上に起きられた信玄公は、ふたりの愛する女性の手をにぎりやして、わしはたぶん、こんどは生きてはもどるまい。ふたりとも達者で過ごすがよいと申され、両御料人はさめざめと泣かれやした。信玄公はこの三日の辰《たつ》の下刻（午前九時）、兵を率いて出陣していかれやしたが、とうとう、お言いになったように生き身でもどることはありませなんだ。

信玄公がこのわしの館に、もの言わぬおからだになって帰《けえ》ってこられたのは、天正《てんしょう》元年（一五七三）の四月十五日でごした――。

館の主の声は、そのとき風に燈火が消えるように消えてしまった。いままで聞いた話から推して、もっとも尊敬していると思われる信玄の死の悲しみが咽喉《のど》をつまらせたのであろう。

が、それと同時に夕暮れが迫ってきたのである。夕暮れになると、いつも話を終わるのだが、こんなに切断したように終わったのははじめてであった。

わたくしは立ちあがって夕空を見た。土塁の雑木の枝をすかして星が輝いていた。しばらくわたくしは現世の人間にかえることができなかった。


（この一文の中にはいくつかフィクションのあることをおことわりいたします）

上田城

笹沢左保

ささざわ・さほ

1930年〜2002年。主な作品に直木賞候補になった「人喰い」、ほかに「六本木心中」「木枯し紋次郎」シリーズなど。

わが家のルーツ

もう二十五年もまえのことになるが、ぼくにはわが家のルーツというものに、興味をもった一時期がある。

ぼくは東京生まれの横浜育ちであって、都会を遠く離れた郷里というものがない。以前は郷里のことを、田舎《いなか》とよんでいた。小学生時代の友人たちは、夏休みとか冬休みとかに家族そろって田舎へ帰ることが多かった。

「田舎へ帰るんだ」

得意そうにいう友だちに、ぼくは返すことばがなかった。

旅行することなどまったくなかった当時の小学生にも、田舎がどういうものか想像がつく。

広大な空と田畑、草原と波打つ山々、紺碧《こんぺき》の海と打ち寄せる真っ白な波、美しい砂浜と松林といった光景が目に浮かぶ。輝くような陽光のもとで魚釣りをしたり、海や川で泳ぐ少年たちの姿が描きだされる。

あるいは、一面の雪景色。箱ゾリや雪合戦に興じたり、火柱が立つほどの火を燃やして暖をとったりする少年たち。囲炉裏《いろり》を囲んでの大家族の食事の風景まで、想像できるのであった。

「どうして、うちには田舎がないの」

不満そうに親に尋ねるのも、当然ということになる。

青年時代になってからも、田舎へ帰るということばを耳にすれば、なんとなく羨《うらや》ましくなったものである。東京生まれの横浜育ちであれば、遠くに田舎があろうはずはない。

だが、先祖代々が東京や横浜に、住んでいたわけではないのだ。やはり、遠くに出身地というものがあって、そこから都会へ出てきているのである。

笹沢《ささざわ》家とその一族が、横浜へ出てきたのは明治時代のはじめであった。ぼくの祖父が横浜で生糸商人として成功したことから、一族のすべてが都会に生活の根をおろすという結果になったのだ。

つまり、その時点で一族がそっくり郷里を捨ててしまい、出身地から都会へと移動した。そのために出身地との縁がしだいに薄らいで、ぼくの時代には「田舎」とよべるところではなくなってしまったのである。

では、その出身地とはどこか。

信州、長野県は小諸《こもろ》であった。祖父のルーツについては、あまり話を聞かされたことがない。それだけ、単純なルーツということになるのだろう。

ぼくは直接、祖父から話を聞いたことがない。ぼくが生まれるまえに、祖父は死んでいるからである。話を聞かされるとすれば、慶応《けいおう》三年（一八六七）に生まれた祖母からであった。

「笹沢家は、小諸の米問屋だったんですからね」

「笹沢はもとは、篠沢と書いたんですよ。丹波篠山《たんばささやま》と同じで、篠沢と書いてササザワと読ませたんだね」

「世が世なら、おばあちゃんは笹沢家なんぞに、どう頼まれたってお嫁にくることはなかったんですよ」

「おばあちゃんは武家の出だし、おじいちゃんの家は商人なんだからね」

「おじいちゃんは金持ちになったら、こんどは見栄を張って、どうしても士族の娘をお嫁さんにってほしがったんですよ」

祖母はよく、そんな話を聞かせてくれた。祖母は亡夫の成り金趣味を嘲笑《ちょうしょう》し、同時にしかたなく結婚してやったということを強調したかったのだろう。

しかし、祖母のその言い分は、けっしてうそではなかったのだ。成り金とはいつの時代でも、そういうものなのだろう。戦後の成り金にしても、貴族や名家の出の妻をほしがった。

明治であれば、なおさらのことだろう。幕末であろうと江戸時代に生まれた祖父が、高級な武家の出の娘に憧憬《しょうけい》するのは当然ということになる。

成り金は金の力を誇示するいっぽうで、みずからの家柄や氏素性というものを気にかける。成り金とは思われたくないし、家柄のよさを重んじたくなるのだ。

それには、家柄のいいところから妻を迎えるほかに方法がない。成り金はそうやって最後の虚栄心を満たし、箔《はく》をつけ、格式をつくろうとする。

しかし、祖母はなにも貴族の娘、名家の出というわけではない。武家の出であることは確かだし、まあ高級武士の娘に生まれたといってもまちがいではないだろう。

それでも祖母を妻に迎えることが、祖父という成り金にとって虚栄心を満たす名誉になったのだから、現代人には理解できない階級の違いなるものである。

さて、二十五年ほどまえにぼくが興味をもったのは、祖母方のルーツであった。祖父のほうは小諸の米問屋ということで、それ以上はさぐりようもない。

それで、祖母方のルーツに注目したのだが、そっちにしてもなんら手がかりらしいものがない。祖母もすでに死亡していたし、少々の資料とぼくが少年時代に聞いた話だけが頼りであった。

祖母は、中山《なかやま》姓である。

小諸藩の重臣の家に、祖母は生まれたという。重臣というのは曖昧《あいまい》な表現であり、家老とか重役だとはかぎらない。ただ上級藩士だったことは、確からしい。

あるいは祖母のいうとおり、家老のひとりだったのかもしれない。重臣ということを裏づける物的証拠として、そのひとつに小諸藩主の牧野《まきの》の殿さまから贈られた掛軸が、いまもぼくの手もとにある。

もちろん、直筆である。牧野の殿さまが、みずから描いた「白鷺《さぎ》」の絵なのだ。

それにもうひとつ、いまは手もとにないが日本刀があった。この刀は、小笠原《おがさわら》家のお姫さまが牧野家へ輿《こし》入れするときに、その労を謝してと小笠原の殿さまから拝領したものだった。

小笠原藩主から刀を拝領し、小諸藩主から絵を贈られる。これらは、重臣でなければありえないことだろう。

あとひとつ、初代の小諸町の町長は、祖母の縁者である。

以上のことしか手がかりがなく、調査の方法もないままに、ぼくは長野県へ出かけていったのだった。結果的には、やはりむだ足であった。

作家であれば、史料を集める方法も知っている。郷土史家にも、紹介してもらえる。あるいは、いろいろな人に会って、協力を頼むこともできる。

しかし、当時のぼくは、そうしたことに無縁な若者であった。どこへ行ってだれに会えばいいのかわからないのでは、何十年、何百年まえのことを調べられるはずがなかった。

ぼくはただ、小諸とその周辺を歩き回っただけに終わった。

そして、その翌日ぼくは、上田《うえだ》へ向かった。小諸から上田までそう遠くないし、ここまで来たついでにという気持ちからだった。過去のことを調べにきた人間の心理として、上田に着いたらまずは上田城の城跡へ足を向けたくなる。

このときが、生まれてはじめての上田城とのふれ合いだったのである。

もっとも、この日はただなんとなく城跡をながめたというだけで、とくに興味や好奇心は湧《わ》かなかった。上田城へ関心が向いたのは、それから二十三年後のことだったのだ。

歴史小説を書くために、二年まえの夏から史料集めをはじめた。その歴史小説の主人公は楠《くすの》木《き》正成《まさしげ》、テーマは合戦と城の攻防戦だから、まず「城」についての勉強からはじめなければならなかった。

時代・地域には関係なく、城について調べた。そのうちに、築城の年に関して四つの説がくい違っている城があることに気づいたのであった。

天正《てんしょう》十一年（一五八三）

天正十二年（一五八四）

天正十四年（一五八六）

慶長《けいちょう》元年（一五九六）

このように四種類の史料が、四つのデータを示しているのであった。

ぼくとしては、築城の年まで知る必要はない。だから、四つの説のどれが正しいのか、徹底して調べることはなかった。むしろ、四つの説にわかれていること自体がおもしろく、そのためにこの城が印象に残ったのだ。

それが、上田城だったのである。

上田城――と、ぼくはまだ若者だったころに訪れた上田城址《じょうし》を、懐かしく思い浮かべた。そのことがまた、上田城にあらためて関心を向けるきっかけにもなったのだった。

ところが、その気になって調べてみると、上田城についての記録は意外に少なかった。日本城郭史料の専門書はすべて、上田城のことに詳しくふれていない。

天下の名城
特別な築城技術
巨大あるいは豪華建築
有名な合戦の古戦場
悲劇の城
城と経済の発展
立地条件の利

と、どの項目にも上田城は、その代表としてあげられていない。では、せめて興味ぶかい伝説でもとさがしてみたが、やはりそれも見つからなかった。

つまりは、平凡な城ということになる。事実、上田城は小城である。だが、上田城が小城であって、その築城者が例の真田昌幸《さなだまさゆき》だと聞けば、やはり戦国の世のロマンを感じないではいられなくなる。

真田の築いた城

上田《うえだ》城は天然の要害の地をえらんで築城されたといわれているが、じっさいにはそれほどの立地条件ではない。しょせんは平城であって、山城のように天然の要害の地ということにはならないのだ。

上田盆地の一部、北の太郎山塊と南の小牧《こまき》山塊との間の断層盆地に、上田城は築かれた。北に太郎山塊、南と西に千曲《ちくま》川、東に神《かん》川と、山と川に囲まれているという基本的な条件のみがそなわっているのにすぎない。

ここに真田昌幸《さなだまさゆき》が城を築いたのは、天正《てんしょう》十一年（一五八三）から十二年にかけてであった。築城の年については四説あるが、そのうちの二説を採るべきだろう。天正十一年に着工し、翌十二年に完成したという解釈である。小城にはちがいないが、出城の配置がたくみになされていたという。それに、小さな砦《とりで》が広範囲にわたって、いくつも設けられていたらしい。

そうしたところが、いかにも真田昌幸らしい。小規模であって最大の能力を発揮する、小人数であって最強、というのが真田昌幸・幸村《ゆきむら》親子の得意とするところであった。

この軍略的な小城が合戦に役立ったのは、二例しか知られていない。最初は築城後まだ間もない天正十三年の、徳川《とくがわ》勢との合戦である。

この年、真田昌幸は徳川家康《いえやす》に背を向けて豊臣秀吉《とよとみひでよし》に接近し、沼田《ぬまた》領と上田領の安堵《あんど》の証文を得た。それを知って激怒した家康は、大久保忠世《おおくぼただよ》や鳥居元忠《とりいもとただ》たちに上田攻めを命じた。

徳川勢八千五百は、上田城ほどの小城なら簡単に攻略できるとタカをくっていた。だが、上田城は落城するどころか、徳川勢のほうが形勢不利になり、追い返されるという結果になった。

二度目の合戦はそれより十五年後、慶長《けいちょう》五年(一六〇〇)のことである。関ヶ原《せきはら》の合戦に加わるはずだった徳川秀忠《ひでただ》の大軍の西上を阻止したとして、この話は有名であり、上田城にまつわる唯一の華々しい記録でもあろう。

関ヶ原の合戦に参戦する徳川秀忠は、父家康の命令によって中山道《なかせんどう》を西進することになった。榊原《さかきばら》・大久保・本多《ほんだ》・酒井《さかい》・奥平《おくだいら》・牧野《まきの》など旗本と、小笠原《おがさわら》・仙石《せんごく》・諏訪《すわ》といった大名の軍勢三万八千であった。

この徳川勢のなかには、真田昌幸の長男信之《のぶゆき》も加わっていた。

徳川勢はまず、態度をはっきりさせない真田を威嚇した。しかし、真田昌幸と次男の幸村は、煮えきらない態度をつづけて時間を稼《かせ》いだ。

それで徳川秀忠は、上田城攻略にとりかかることになる。このときも、上田城の落城は時間の問題とみられたが、真田昌幸は逆に時間を浪費させることに成功した。

昌幸の目的は、戦いに勝つことではなかった。二千の軍勢で三万八千の大軍を撃破することは困難だし、徳川秀忠を上田に引きつけておくのが目的だったのだ。

そこで昌幸は、敵の集中攻撃を避けるために多くの出城や砦が設けられている、という上田城の機能を利して、時間稼ぎの戦いに終始したのであった。

家康からの西進を急げという命令をうけた秀忠は、上田城攻略を断念して関ヶ原へ向かうことになった。けっきょく、真田の追撃を防ぐために、信濃《しなの》（長野県）の大名を残していくことになったのである。

この結果、関ヶ原の合戦に間に合わなかった秀忠は家康から大目玉をくらい、真田昌幸はさすがは武田信玄《たけだしんげん》の小脇差《わきざし》といわれた人物だと評判を高めたのであった。

このときの上田城攻めは、明らかに秀忠の失敗だった。秀忠は上田の真田昌幸に、こだわりすぎたのである。上田は中山道からはずれているし、なにも真田昌幸が秀忠の前進を阻んだわけではないのだ。

昌幸の存在が不安だったら、最初から信濃の諸大名に命じて上田を封じ、秀忠とその軍勢はさっさと関ヶ原へ向かえばよかったのである。

それはともかく、上田城の戦史はこれで終わる。真田昌幸は関ヶ原合戦による改易大名のひとりとして上田三万八千石を失い、徳川方についた長男信之の命ごいによって九度山《くどやま》へ追放された。

しかし、その後も上田城主は真田一族の信之で、十一万五千石を領していた。もちろん同じ真田でも、徳川方についた信之ということになる。江戸時代に入って元和《げんな》九年（一六二三）、仙石忠政《ただまさ》が上田六万石の城主となった。このとき、上田城の増修築が行なわれている。仙石家と上田城は八十三年間、縁が切れなかった。

宝永《ほうえい》三年（一七〇六）に、松平忠周《まつだいらただちか》が五万八千石の上田城主になった。以後、五万三千石の上田となったが、城主の松平家は幕末までかわらなかった。

いま、ぼくの目の前には明治初年に撮影された城の写真がある。上田城と、それに同じ信州にあって上田からさして遠くない松本《まつもと》の城の写真である。

明治初年に撮影されたものだから、修復したり復元したりした城ではない。江戸時代からの上田城・松本城そのままの写真といえるだろう。

松本城の写真を見ると、おやっという気にさせられる。天守閣が、右へ傾いているからである。これは写真のイタズラでも、目の錯覚でもない。

じっさいに松本城の天守閣は、傾いているのだ。これにまつわる伝説として、

「加助騒動」というのがある。貞享《じょうきょう》三年（一六八六）に、松本城主の水野忠直《みずのただなお》の悪政に抗議して、農民が行動をおこした。

その首謀者の加助をはじめ多くの農民たちが、松本城の西にある勢高《せいたか》の刑場で処刑された。磔《はりつけ》にかけられた加助は、絶息するまで恨みのことばを口にしつづけた。

「われらの命は奪い候とも、百姓衆の志はけっして奪われ候わず」

「わが恨みによって、松本の城の天守閣を傾けてくれよう」

加助がこう叫んで絶命したとき、ぐらりと大地が揺れた。はげしい地震であった。

この地震によって松本城の天守閣が、刑場のある西の方向へ傾いたのである。

これより三十九年後の享保《きょうほう》十年（一七二五）に、水野忠恒《ただつね》が江戸城内で乱心して刀を抜き、毛利主水師就《もうりもんどもろなり》を傷つけた。そのため水野家は、松本七万石を没収された。

これもまた、加助さまのたたりだと、農民たちはうわさしたという。

こうした松本城と違って、上田城の明治初年の写真は、なにごともないような城のたたずまいを見せている。伝説のようなものも、上田城に関してはなにも残っていない。

段丘の上に正方形の本丸があり、そこには「真田の井戸」とよばれる井戸が残っている。深さ六丈余（一八メートル余）の井戸の途中に横穴があり、それが抜け穴となって太郎山山麓《さんろく》に通じている。

これがまあ唯一の伝説めいた話、ということになるだろう。

ほかに上田城そのものではないが、真田氏のゆかりの地に、若干の伝説らしきものが残っている。上田市の北東にある真田町へ行ってみるのも一興だ。スキー場で知られる菅平《すがだいら》ではなく、歴史のにおいを嗅《か》ぎに真田町を訪れるのである。真田町の小玉上郷沢に、真田氏の館《やかた》跡が残っている。

真田昌幸の父幸隆《ゆきたか》、兄信綱《のぶつな》が住まいとしていた館で、土塁・馬屋・桝形《ますがた》などの跡を見ることができる。

この真田氏の館跡からさして遠くないところに、「なんじゃもんじゃ」とよばれている木がある。

秋楡《あきにれ》の老木だそうだが、ケヤキと見ればニレ、ニレと思えばケヤキに見える奇妙な木だという。

「なんじゃもんじゃ」とは、「問われれば答えよう」という意味だそうである。つまり、人間と同じように口をきき心を動かす樹木という信仰にもとづいているらしい。

「なんじゃもんじゃ」の木の下に山の神をまつって、神木としてとうとばれてきたのである。

素朴《そぼく》な土地の人びとは、この神木にいろいろな相談をもちかけ、その返事を待ったのにちがいない。

だが、なぜかぼくはこの「なんじゃもんじゃ」の神木に、真田一族をオーバーラップさせたくなるのである。真田一族の知恵と「なんじゃもんじゃ」に共通するものを、感ずるせいかもしれない。

さらに、真田町の神川の上流に、石舟というところがある。この石舟は神川の水を堰《せき》へ流す取り入れ口になっていて、その堰を吉田堰あるいは女堰とよんでいる。

堰とは用水路のことだが、なぜ女堰とよぶのだろうか。

むかし、ひとりの女が神川の上流から水を引くことを考えついて、おおぜいの男たちを動員した。女は夜になるのを待って山の上に立ち、松明《たいまつ》を持った男たちを一列に並ばせて、水を引く水路を定め、その通りに堰がつくられた。

それで、女堰と名づけられたという伝説が残っている。この女堰はいまも真田町・上田市をうるおして流れ、千曲川へ落ちているという。

五大名相関図

上田《うえだ》城の城主になったのは、真田《さなだ》氏・仙石《せんごく》氏・松平《まつだいら》氏の三家だけである。

いっぽう、ぼくの祖母方のルーツには、牧野《まきの》氏と小笠原《おがさわら》氏がからんでいる。この五大名の相関図を、上田城を中心に描いてみると、ちょっとした因縁があっておもしろい。

まず上田城の初代の城主、真田氏は昌幸《まさゆき》の力によって大名となった。真田昌幸は上田城のほかに、群馬県の沼田《ぬまた》城も手中におさめている。

その昌幸が、徳川秀忠《とくがわひでただ》の軍勢を上田城に引きつけて戦ったとき、牧野・仙石・小笠原を敵に回すという因縁があった。このとき真田昌幸を攻めた牧野康成《やすなり》は、徳川家康《いえやす》の信任あつい将であり、群馬県の大胡《おおご》二万石をあたえられていた。

しかし、上田攻め失敗の責任を問われ、領地を召し上げられそうになった。その危機を脱した牧野康成は奮起して、大坂の陣でおおいに功をたてた。

その功を認められて牧野康成は元和《げんな》二年（一六一六）に、越後《えちご》（新潟県）の長嶺五万石に移封された。さらに二年後には、長岡《ながおか》六万石の城主となった。

こうして牧野氏は幕末まで、長岡七万四千石の城主として存続することになるのである。この牧野康成の孫が分家して、元禄《げんろく》十五年（一七〇二）に小諸《こもろ》一万五千石の城主になったのだった。

牧野氏の分家が小諸入りするまえの城主だった仙石氏も、真田昌幸を上田城に攻めたとき、徳川勢に加わっていたのである。

仙石氏は豊臣秀吉《とよとみひでよし》の信任を得た大名で、本来ならば加藤清正《きよまさ》ぐらいの大々名にはなれた仙石秀久《ひでひさ》という人物によって、家名をあげたのであった。

仙石秀久は、豊臣秀吉の四国制覇《せいは》の恩賞のときに、すでに高松十万石の大名になっていたのだ。このままいけば、大々名に昇進することはまちがいなかった。

ところが、それから間もなく仙石秀久は、大失敗をやらかしたのであった。命令なくして敵と戦うべからずの禁を犯し、仙石秀久は九州征服の戦場において島津《しまづ》の大軍と交戦してしまったのである。

この戦いに大敗したうえに、仙石秀久は味方の損失をも大にしたのであった。秀吉は激怒して領地没収の罰をあたえ、仙石秀久はたちまち高松十万石を失ったのである。

その後、秀吉の小田原《おだわら》征伐にチャンスを得て、仙石秀久は奮戦につとめた。秀吉はその功を認め、徳川家康の進言もあったことから、仙石秀久には小諸五万石があたえられたのである。

真田昌幸・幸村《ゆきむら》が九度山《くどやま》へ追放されたあと、真田信之《のぶゆき》が九万五千石の大名として上田城へ入った。だが、真田氏はやがて上田を出て、同じ信州の松代《まつしろ》へ移封され、そのあとの上田五万八千石の城主になったのが仙石氏なのである。

ややこしくなるが、真田氏が上田城から松代城へ、仙石氏が小諸城から上田城へ、牧野氏が小諸城へ、という順序なのであった。

その後、真田氏は沼田三万石を除封で失い、本領の松代も十万石に減ったまま、幕末を迎えることになる。

いっぽう上田城主となった仙石氏はその後、但馬《たじま》(兵庫県)の出石《いずし》へ移ったが、天保《てんぽう》年間(一八三〇~四四)に相続争いの「仙石騒動」がおこり、五万八千石から三万石に減封となった。仙石氏はそのままで、幕末まで出石城主として存続した。

さて、真田昌幸を上田城に攻めた小笠原氏は、どういうことになるのだろうか。

小笠原氏は新羅《しんら》三郎義光《よしみつ》を祖とする名族で、甲斐《かい》(山梨県)の武田《たけだ》氏、常陸《ひたち》(茨城県)の佐竹《さたけ》氏とともに御三家とされていた。だが、信濃《しなの》の守護《しゅご》として深志《ふかし》(松本)に拠《よ》っていた小笠原氏は、武田氏の圧迫をうけて他国へ追放されることになる。

その後、徳川家康の援助を得て失地を回復し、このころの上田城攻撃に小笠原秀政《ひでまさ》が加わっているのである。そして慶長《けいちょう》十八年（一六一三）に深志八万石に入封、深志を松本と改めたのであった。

以後、順調であり播州《ばんしゅう》（兵庫県）明石《あかし》へ移って十万石、九州の小倉《こくら》へ移って十五万石の大々名となった。分家の唐津《からつ》六万石、一族の越前《えちぜん》（福井県）勝山《かつやま》二万二千石ともども、小笠原氏は幕末まで無事に存続した。

ぼくの祖母方のルーツがからむ牧野氏の男子と小笠原氏の女子の結婚も、やはりそれなりの因縁であってのことだと思えるのである。牧野氏は信濃の小諸城主、小笠原氏は同じ信濃の名族だった。

そして、牧野氏と小笠原氏の先祖はともに、上田城の真田昌幸の攻撃に参戦しているのであった。そうしたいくつかの因縁が、牧野氏と小笠原氏の縁結びに影響を及ぼしているのにちがいない。

宝永《ほうえい》三年（一七〇六）に但馬の出石へ移った仙石氏のあとを継いで、上田城主となった松平氏は、そのまま幕末まで動かなかった。

松平氏は数多くあって、つぎのような系統別にわけられている。

越前系

松江松平家・広瀬松平家・津山松平家・母里《もり》松平家・明石松平家・糸魚川《いといがわ》松平家・川越《かわごえ》松平家

久松系

桑名松平家・多古松平家・今治《いまばり》松平家・伊予松山松平家

形原系

能見《のうみ》系

桜井系

松井系

滝脇系

大給《おぎゅう》系

奥殿松平家・岩村松平家・豊後《ぶんご》府内松平家

深溝《ふこうず》系

長沢大河内系

大多喜《おおたき》松平家・高崎松平家

藤井《ふじい》系

上山《かみのやま》松平家

このうちの上田城主となった松平氏は藤井系で、「藤井松平」とよばれていた。藤井松平信一《のぶかず》は織田信長《おだのぶなが》の傘下《さんか》から出発し、姉川《あねがわ》・長篠《ながしの》・長久手《ながくて》などの合戦で活躍して、三河《みかわ》（愛知県）勢の名を高めた。のちに徳川家康の信任を得て、土浦《つちうら》三万五千石の城主となった。

これは関ヶ原の合戦にさいして、関東の大々名佐竹義宣《よしのぶ》の動きを封じた功によるものであった。

関ヶ原の戦いに出陣する家康にとって、なによりも恐ろしかったのは会津《あいづ》（福島県）百二十万石の上杉景勝《うえすぎかげかつ》の存在だった。それに加えて不気味なのは、常陸五十四万五千石の佐竹義宣の動きである。

上杉は豊臣方だし、佐竹も秀吉の息がかかっている大名であった。その佐竹が上杉と結ぶような気配を示すので、いっそう不安だったのだ。ところが、その佐竹の動きを松平信一がたくみに制したのである。

関ヶ原の戦い後、家康は上杉を百二十万石から三十万石に減じて米沢へ、佐竹を五十四万五千石から二十万五千余石に減じて秋田へ、それぞれ移したのであった。

小笠原氏と祖をひとつとする佐竹氏を没落させ、みずからは土浦城主に出世したのが藤井松平だったのだ。

藤井松平は忠国《ただくに》の時代に、小笠原十万石のあとの明石に七万石で移封、信之《のぶゆき》の時代にはまたもや小笠原一族の二万石のあとを継いで下総《しもうさ》の古河《こが》（茨城県）九万石の城主となった。

その後、忠国の弟忠晴《ただはる》が藤井松平の主流となって武州（埼玉県）岩槻《いわつき》四万八千石の城主になる。そして宝永三年、藤井松平氏は信州（長野県）上田五万三千石の城主となり、明治にいたるわけである。

以上が上田城を中心にした真田氏・仙石氏・松平氏・小笠原氏・牧野氏の相関図ということになる。

松平氏が歴代の城主を世襲した時代の上田城は、城下町のシンボルとして旅人の目に映ずるだけの平和な姿だったのにちがいない。上田城が位置している北国街道は、善光寺《ぜんこう》参りの旅人の往来でにぎわっていた。

中山道《なかせんどう》を軽井沢《かるいざわ》・沓掛《くつかけ》と来て、追分《おいわけ》で街道はふた筋にわかれることになる。中山道は左、右は北国街道善光寺みちであった。北国街道善光寺みちへ入ると、間もなく小諸の御城下である。

それから先、田中・海野とふたつの宿場を抜ければ、上田の御城下だった。御城下の常田町・横町・海野町・原町・木町・柳町・問屋町・鎌原町・西脇《にしわき》町といった町を過ぎる。

つぎの宿場は坂木で、それから下戸倉《とぐら》・矢代《やしろ》・しのの井追分・丹波島を経て善光寺に至るのであった。しのの井追分から松本みちへ入れば、稲荷山《いなりやま》・麻績《おみ》・青柳・会田・刈谷原・岡田を過ぎて松本の御城下に着く。

善光寺参りの旅人たち、松本みちを利用する商人たち、馬の行列などが上田城をながめやりながら往来する。千曲川《ちくま》をのんびりと、渡し舟が横切っていく。浅間《あさま》山の煙もまた、この北国街道善光寺みちの名物のひとつであった。

だが、すべては上田城が健在だったころの話で、現代では幻影として見る風景であり、夢物語のようにそのなごりすらない。上田を訪れても、そこは人口十万以上という都市である。

電車・バスが四方へ走り、年々工業都市化されてゆく。かつての武家屋敷地一帯は、官庁街や住宅街になっている。上田城の城跡は公園であり、桜の名所でもある。

巨大な石垣と濠《ほり》の一部、それに城櫓《やぐら》も三棟《むね》が残っている。しかし、古い時代のロマンも歴史のにおいも、過ぎし日々への郷愁も、そして上田城そのものも、もうそこにはない。

彦根城

陳 舜臣

ちん・しゅんしん

1924年〜2015年。68年、「青玉獅子香炉」で直木賞受賞。主な作品に「阿片戦争」「琉球の風」など。

消えた城、生まれた城

徳川《とくがわ》幕府にとって、朝廷のある京都を扼《やく》す要地に有力な藩を置くことは、天下に号令した当初からの大方針であった。その要地に彦根がえらばれ、その藩に井《い》伊《い》藩がえらばれたのである。

もともとこの地方には、近江《おうみ》源氏の佐々木《ささき》氏の築いた佐和《さわ》山の砦《とりで》があり、のちに浅井《あざい》氏から石田三成《いしだみつなり》の手に渡り、石田時代に五層の天守を構え、天下の名城と謳《うた》われた。当時、巷間《こうかん》で、

——三成に過ぎたものふたつ、島《しま》の左近《さこん》に佐和山城、

と言いはやされたものである。三成は秀吉《ひでよし》の五奉行《ぶぎょう》のひとりであるから、かなりの身分であり、それに過ぎたものというのだから、いかに家老の島左近と居城の佐和山城がすぐれていたかが想像できるだろう。

関ヶ原の合戦（一六〇〇）のあと、徳川家康《いえやす》はこの佐和山城に、もっとも信頼できる譜代の重臣を配した。徳川四天王のひとり井伊直政《なおまさ》である。

井伊軍は家康から武田《たけだ》家に伝わる赤装束の着用を許され、戦場ではつねに徳川の先鋒《せんぽう》をつとめた。「井伊の赤備え《あかぞなえ》」といって、この赤一色の精鋭は、敵の心胆を寒からしめたという。直政は赤装束のうえに黒具足をつけ、いざというときになってから、それを脱いではじめて赤装束軍の先頭に立ち、獅子奮迅《ししふんじん》の活躍をしたのである。家康はこの斬《き》り込み隊長を佐和山城主としたのだ。

井伊藩はまもなく佐和山から、その向かいにある金亀《こんき》山に城を移した。それが現在の彦根《ひこね》城である。井伊直政は佐和山城に配された当初から移転の意図をもっていたが、関ヶ原の合戦の二年後に病死したので、嫡子直継《なおつぐ》の時代にもちこされた。佐和山からの移転は、おそらく井伊藩だけの意図ではなく、徳川家の意図でもあったろう。形式的には、井伊藩から移転の申請が出され、家康がそれを許可したことになっている。

佐和山と金亀山とは、いま東海道線の通っている地域をはさんで、一キロあまりしか隔たっていない。どちらに本拠を構えても大差ないという気がする。佐和山は水利がわるいという理由が掲げられたが、もっと大きな理由がほかにあった。天下の新しい主《あるじ》となった徳川は、むかしの主の残したものを、このさい、ことごとく払拭《ふっしょく》しようとしたのである。豊臣《とよとみ》のにおいのするものは、なにひとつ残してはならない。この湖東地方は、豊臣のにおいのとくに強い地帯であり、その中心が佐和山だったのである。

豊臣の家臣団のなかで、武将派は加藤清正《かとうきよまさ》・福島正則《ふくしままさのり》など尾張《おわり》（愛知県）出身が多いが、じっさいに天下をおさめた行政官は、石田三成・増田長盛《ましたながもり》・藤堂高虎《とうどうたかとら》・片桐且元《かたぎりかつもと》など近江（滋賀県）出身が少なくない。秀吉は近江の長浜《ながはま》城主となって、はじめて覇業《はぎょう》の第一歩を踏み出したのであり、近江商人を生んだ実際家のスタッフを、ここでかかえたのが大きな力となった。したがって、「天下統治」の観点からすれば、この湖東の地は豊臣色きわめて濃厚といわねばならない。豊臣のにおいのもっとも濃厚な佐和山城、秀吉の居住であった小谷《おだに》・長浜城、豊臣秀次《ひでつぐ》の八幡城、明智光秀《あけちみつひで》の坂本城などは消すべきであろう。豊臣だけではなく、織《お》田《だ》のにおいもよろしくない。崩れ残った安土《あづち》城も徳川には目ざわりである。

これらの諸城をつぶし、その資材をもって新しい城を築く。――これは一石二鳥ではないか。新しい城ができあがるのに比例して、消すべき城が自然に消えていくのだから。とくに佐和山城は近いこともあって、木材や石垣の大小の石塊まで根こそぎ持ち去られ、それればかりか土まで掘り返されたという。城の跡を物語るようなものは、なにひとつ残さないという徹底的な抹殺《まっさつ》だったのである。

新しい城の築かれた金亀山は、その地主神の名が活津彦根命《いきつひこねのみこと》であったので、彦根山という別称があった。そこに築かれた城は、金亀城ではなく、彦根城とよばれるようになったのである。

彦根城は前記諸城だけではなく、早くから廃城になった観音寺《かんのんじ》城などの遺材も使われた。天守は大津《おおつ》城のものを移した。大津城は浅井の旧家臣であった京極高次《きょうごくたかつぐ》の居城であったが、家康は彼を若狭《わかさ》(福井県)小浜《おばま》に移し、大津を天領(幕府の直轄地)としてその城を廃した。だから、天守閣が剰《あま》ったのである。

彦根の築城は諸大名の手伝い普請《ふしん》ですすめられた。伊賀《いが》(三重県)・伊勢《いせ》(同)・尾張・美濃《みの》(岐阜県)・飛騨《ひだ》(同)・若狭・越前《えちぜん》(ともに福井県)の七か国十二大名が手伝った。

この築城は井伊藩の工事だけではなく、徳川の事業でもあったのだ。

このように彦根城は数多くの城をこの地上から消すことによって、自分のすがたを金亀山上にそびえ立たせたのである。そして、築城してから明治の廃藩にいたるまで、三百年近くの間、井伊家は国替えを命じられることもなく、一貫してこの彦根城の主であったのだ。築城のいきさつからみて、井伊藩ではこの城を将軍家からあずかった、という意識がほかの藩よりも強かったにちがいない。そしてつねにその目を京都に向けていただろう。京都に目を向けることが、彦根の任務だったのだから。

彦根屏風は語る

東京その他遠隔の地から彦根城《ひこね》を訪れるには、新幹線「こだま」号のとまる米《まい》原《ばら》駅まで行き、そこから近江《おうみ》鉄道に乗り換えて彦根へ行くのがいちばん早いだろう。米原・彦根間は電車で一〇分ほどにすぎない。京阪神《けいはんしん》からなら、東海道線で彦根駅まで行くほうが、乗り換えのめんどうがなくてよいかもしれない。

彦根駅前のメインストリートは護国《ごこく》神社に達しているが、神社前を向かって左へ行くと「いろは松」の並木があり、佐和《さわ》口多聞櫓《たもんやぐら》を過ぎると彦根城の表門に出る。ほかにも入口があるが、やはり表門から入るべきであろう。

「いろは松」とは、四十七本の土佐《とさ》松が植えられ、いろは四十七文字にちなんだものだ。土佐松は根が地上に盛りあがってこないので、人馬の往来を妨げないところから、並木にふさわしい松とされている。この「いろは松」の西端を北へ行けば、井伊直弼《いいなおすけ》が部屋住みのころに住居としていた「埋木舎《うもれぎのや》」がある。

井伊の名が日本じゅうによく知られているのも、彦根城がおおぜいの観光客を集めているのも、みな井伊直弼のおかげであるといってよい。彼の知名度のまえには、さすがの「井伊の赤備《あかぞな》え」の井伊直政《なおまさ》もはるかに及ばない。日本史の概略を語るのに、赤備えの井伊直政は抜きにしてもよいが、井伊直弼の名をはぶくことはできない。

評価はともあれ、井伊直弼は歴史の檜舞台《ひのきぶたい》に光り輝いた人物である。とはいうものの、彼自身三十を過ぎたころまで、自分が歴史の檜舞台に立つことになろうなど、夢にも思っていなかったに相違ない。

彼は文化《ぶんか》十二年(一八一五)、彦根藩十一代藩主井伊直中《なおなか》の十四男として、彦根城中に生まれた。生母は藩主の側室の君田《きみた》氏であった。どんな大きな大名の家でも、次男以下のものの暮らしはみじめなものであった。しかるべきところへ養子にいくのが、唯一の脱出路である。

いくら譜代筆頭の名門といっても、十四番目の子では、養子先もそう簡単には見つからない。彼の兄たちは、みな養子にもぐり込み、彼と弟の直恭とが売れ残ったが、その弟も養子先が見つかり彼だけがとり残された。

父の直中が死んだのは、直弼が十七歳のときであり、この年、彼は北の御座敷に移って、藩から三百俵の捨て扶持《ぶち》をうける身となった。藩としては、このやっかいな人物を一生飼い殺しにしなければならない。直弼もそんな運命に甘んじる覚悟であった。ここで一生埋もれてしまうのだ、という意味をこめて、彼は住居とした北の御座敷に、「埋木舎」という名をつけたのである。

世の中をよそに見つつうもれ木の
埋れてをらむ心なき身は

これはその不遇時代に彼がよんだ歌である。

ところが、意外なことがおこった。家督を継いで十二代藩主となった兄の井伊直亮《なおあき》の世子直元《なおもと》が病死したのである。弘化《こうか》三年(一八四六)正月のことだった。しかも、直亮にはほかに男の子はいなかった。弟の直弼を養子にするほかなかったのである。

こうして直弼はやっと「埋木舎」から脱出することができた。三十二歳である。そしてはじめて結婚した。結婚したというよりは、結婚できたというべきであろう。

兄の直亮が病死して、直弼が十三代藩主となったのは嘉永《かえい》三年（一八五〇）のことで、彼は三十六歳であった。大老職についたのがその八年後のことである。部屋住みの身で終わるべき彼が、彦根藩ばかりか日本を動かす地位についたのだ。

埋木舎の前の濠《ほり》を隔てた向かいに「開国記念館」が建てられている。日米修好通商条約を、勅許なしに締結して開国に踏みきった、井伊直弼の業績を記念するためのものである。記念館を出て金亀《こんき》公園でしばらく休むもよい。公園には井伊大老の銅像や、「花の生涯《しょうがい》」記念碑がある（昭和六十二年、彦根城博物館開設により記念館は閉鎖）。

表門橋まで引き返して、内《うち》濠をこえて城内に入ろう。埋木舎は外濠の外にあり、いかにもやっかい払いといった感じである。直弼は部屋住み時代、徒歩で登城したといわれている。表門橋をこえると事務所があり、入場料を支払って石段をのぼる。廊下橋の下に出るが、そこに蕪村《ぶそん》の句碑が立っている。

鮒《ふな》ずしや彦根の城に雲かかる

と彫られているのが読める。

廊下橋という名は、もと屋根がついていたところからそうよばれたもので、鐘の丸と天秤《てんびん》櫓を連絡する。天秤櫓というのは、橋を真ん中にして、建物が天秤のように左右対称して並んでいるところから命名されたものだ。この天秤櫓は、秀《ひで》吉《よし》の居城であった長浜《ながはま》城から移したものである。すべてクスノキづくりで、なかに井伊美術館があって、有名な彦根屏風《びょうぶ》の模写も展示されている（昭和六十二年閉鎖。収蔵品は彦根城博物館に移された）。

井伊美術館には、初代直政の赤備えの鎧《よろい》などもあるが、その中心はなんといっても直弼関係のもので、安政《あんせい》の大獄の資料がそろっている。たしかに貴重な資料であるが、息苦しさをおぼえるのはいかんともしがたい。そんななかで、千代姫のはなやいだ雛《ひな》道具や、彦根屛風などを見ると、ほっと息をつけるのである。

彦根は徳川《とくがわ》二百六十余年を通じて、ほとんど一揆《いっき》のなかった数少ない藩のひとつである。薩摩《さつま》(鹿児島県)などは恐怖政策で一揆をおさえたのであり、対馬《つしま》は朝鮮との交易の利潤があって、住民から搾取しないですんだからであった。彦根の場合は、どうやら政道よろしきを得たためであるらしい。それというもの、藩創業の初期、前述したように豊臣《とよとみ》色の払拭《ふっしょく》につとめたことにも理由があったようだ。豊臣ゆかりの城を地上から消すだけではなく、住民の心のなかの豊臣色も消さねばならず、それを意識した対抗的な善政があったことは見逃せない。また譜代筆頭として、元禄《げんろく》期の直該《なおもり》、天明《てんめい》期の直幸《なおひで》、天保《てんぽう》期の直亮と、藩主が大老職についたのをはじめ、幕府中枢の要職に任命されることが多かったのも善政の一因であろう。城代家老がかわって政治を行なったが、藩主からのたいせつなあずかりものなので、慎重のうえにも慎重を期したはずだ。

一揆がなかったのは、彦根藩にいろんな意味で余裕があったことを物語る。そして彦根屏風はその余裕の象徴といってよいだろう。

彦根屏風は江戸初期に狩野《かのう》派の画家によって描かれた六曲一双の屏風である。いまは六枚別々にされているが、十五人の男女の生活を描いた風俗画の第一級の傑作なのだ。いつのころからか井伊家に所蔵されて今日にいたった作者不明の美術品であり、井伊家の鑑識眼の確かさを証明するかのような存在である。いままでも彦根のシンボルであるのだろう。数年前、彦根を訪問したとき、わたしは井伊市長から彦根屏風のミニチュアを記念にいただいた。

美術館にはほかに直弼の書・杯《さかずき》・茶器なども展示されている。直弼は茶道・華道・能・書ばかりか陶芸にも親しんでおり、たいへんな趣味人であったことがわかる。その素地は埋木舎で一生埋もれるつもりで、せめてたっぷりとある時間をたのしもうと、稽古《けいこ》したところにあるのだろう。

美術館の展示品は、幕末のせっぱつまった雰囲気《ふんいき》と、それと反対の余裕のムードとがかさなり合い、わたしのまえに歴史を立体化してみせてくれるかのようだ。

異色の天守

天秤櫓《てんびんやぐら》の美術館を出てすぐ左手に時報鐘があり、その前に太鼓門《たいこ》が立っている。時報鐘――通称「鐘つき堂」は、もと鐘の丸にあったのを移したのである。鐘の丸で撞《つ》いたのでは城全体に聞こえにくかったのであろう。本丸の正面まで移し、向かいの太鼓門にはその名のとおり合図の太鼓があり、緊急のさいには連絡をとりやすい。

太鼓門は本丸表口の門である。中国流にいえば、本丸は牙城《がじょう》なのだ。中国では本丸に相当するところに、象牙《ぞうげ》の旗竿《はたざお》を立てて、総帥の居所を示したことからそうよばれる。この彦根《ひこね》城太鼓門も別称を「牙城の楼門」というそうだ。もう本丸まで門はないのだから、合戦のさい、ここは死守すべき最後の関門となる。それだけにいかめしい感じがする。

彦根城が築かれるまえ、金亀山《こんき》には彦根寺という寺があり、この太鼓門はその寺の山門であったという。扉《とびら》におびただしい釘跡《くぎ》があるのは、巡礼が札《ふだ》をかけたのだと説明されている。そうだとすれば、あちこちから資材をかき集めてつくった城なのに、牙城の楼門だけは以前からあったものを用いたわけだ。寄せ集めばかりではなんとなく落ち着かず、不動のものをひとつ置いたのだろうか。もっとも近年の解体修理のときの調査で、やはりこれも佐和山《さわやま》城の城門を移したのではないか、という説が出たという。

太鼓門をくぐると天守閣である。京極高次《きょうごくたかつぐ》の大津《おおつ》城を移したものだが、移築のときにかなり手が加えられたと思われる。旧領主のイメージ払拭《ふっしょく》がひとつの目的であったとすれば、そっくりそのままの移築は避けたはずだ。

彦根城築造は慶長《けいちょう》八年（一六〇三）から元和《げんな》八年（一六二二）まで、二十年の歳月を要した。だが、天守閣は隅木の墨書銘によれば、慶長十一年に移築されたことがわかる。ところで、大津城は天正《てんしょう》年間（一五七三〜九二）の城であった。戦国まっただ中の天正と、関ヶ原の合戦のあとの慶長とでは、築城術にかなりの差があるのは当然であろう。専門家にいわせると、彦根城は細部に慶長以前の古制が認められるそうだ。

彦根城天守閣の規模は、高さ二四メートル、東西二一メートル、南北一一・八メートル、石垣の高さ約四・五メートルである。三十五万石の大名の居城にしては、これはやや規模が小さいといわねばならない。これは移築のとき、井伊《いい》藩はまだ十八万石にすぎず、それにあわせた城づくりをしたからである。

異色の天守。――彦根城の天守閣はそうよばれている。現存の天守閣で、これほど凝《こ》ったつくりをしているのは、ほかにないそうだ。本丸北西端にある三重三層の天守は、一重目の軒に四方にふたつずつ切妻破風《きりつまはふ》をかけている。サイズの長い東西側では、その切妻破風の間に、入母屋《いりもや》破風をのぞかせているのだ。たいそう複雑にみえるが、これを因数分解ふうにバラしてみれば、入母屋屋根に二重櫓プラス八個の切妻破風となる。八個の切妻破風を除けば、きわめて月並みな初期の築城様式である。

二重目と三重目に花頭窓（火燈窓とも書く）が並んでいるが、二層にわたる花頭窓もほかの天守には見あたらない。花頭窓は装飾的なものだから、最上層にしか花頭窓をつけていない。岡山城や犬山城は、最上層にしか花頭窓をつけていない。花頭窓は装飾的なものだから、彦根の天守は、大津城のときか移築のときかいずれかで、きわめて意匠重視の考えをもっている大工の手になったのであろう。移築のときの大工は、浜野喜兵衛《はまのきへえ》とその名が残っている。

最上階の入母屋屋根に、軒唐《から》破風を用いているのは、姫路《ひめじ》・宇和島《うわじま》城にその例があるが、時代としては彦根城のものがもっとも古いようである。

石垣はなにやら大ざっぱに大小の石を積みかさねたようにみえるが、これは「牛蒡《ごぼう》積み」といって、じっさいはきわめて堅牢《けんろう》な工法なのだ。石は表面に露出している大きさより、土中に入っている奥行の部分のほうが大きいのである。

さまざまな様式を駆使し、組み合わせ、実用的というより、むしろ意匠に気をつかった築造だから、天守全体は血なまぐさい天正のオリジナルではなく、慶長移築のさい、大幅な模様替えがあったと想像してよいだろう。デコラティヴではあるが、外から見ればただの白壁が、いざ緊急というときには、ある壁面をぶち抜けば、たちまち矢や鉄砲を撃つ狭間《はざま》ができるようになっている。いわゆる隠狭《かくしさ》間《ま》だが、これがあるところからみて、かならずしも意匠だけに凝ったつくりではなかったのだ。

とはいえ、細部に意を用いた小づくりな天守閣は、威圧的な重みがなく、やはり穏やかで親しみやすい感じがする。外観もそうだが、天守にのぼって外をながめたときの景観がすばらしく、それがまさに平和そのものである。白帆浮かぶ琵《び》琶《わ》湖、井伊家の下屋敷であった楽々園《らくらくえん》や玄宮園《げんきゅうえん》のすばらしい庭、彦根市の町並み、向かいの佐和山の緑。——

これこそまさに観光のためにつくられたような城ではないか。それなのに、舟橋聖一の『花の生涯《しょうがい》』がNHK大河ドラマの第一弾として脚光を浴びるまで、彦根城は観光のレギュラーコースに入っていなかった。違勅開国と安政《あんせい》の大獄のことがあって、彦根は明治の薩長《さっちょう》藩閥政府から、「国賊地域」と指定されたかのようだった。

天守閣から西へ行くと西の丸だが、そこに三重櫓が建っている。これは小谷《おだに》城の天守閣を移したのだといわれている。井伊藩創業の時代、ここは重臣の木俣土《きまたと》佐守守勝《さのかみもりかつ》があずかっていた櫓なのだ。西の丸の米蔵跡は、現在梅林になっていて、早春のころはみごとに咲きそろう。梅の季節以外では、三重櫓のすぐそばにある観音台から腰廊に降り、黒門から楽々園に入るコースをとる。

楽々園

楽々園《らくらくえん》は「民の楽を楽しむ」の意味で、井伊《いい》家中興の英主といわれた四代藩主井伊直興《なおおき》が造営した庭園である。別称はケヤキ御殿という。

楽々園の東隣は玄宮園《げんきゅうえん》である。玄宮園は琵琶《びわ》湖の水をとり入れた池泉回遊式の庭園で、近江《おうみ》八景をとり入れていて、別称を「八景園」ともいう。近江八景は中国の洞庭《どうてい》湖にある瀟湘《しょうしょう》八景にならったもので、江戸末期の浮世絵師安藤広重《あんどうひろしげ》によって描かれて以来、人びとによく知られるようになった。

玄宮園という命名は、唐《とう》の玄宗《げんそう》皇帝を意識したもので、そうなれば当然、楊貴《ようき》妃《ひ》が連想されよう。楽々園のほうは枯山水《かれさんすい》の、ストイックな感じだが、玄宮園のほうははでな気がする。元禄《げんろく》というはでな時代を背景にして造営されたこともあるが、井伊藩としてもはでなところを見せねばならない事情があったようだ。

江戸開府も一世紀に近くなれば、諸藩の藩主も三代目、四代目となっており、創業の功臣の子孫といっても、それだけでは幕府も心を許さないようになった。譜代筆頭の井伊家も例外ではない。幕府に疑いの目でみられないことが藩是であったのだ。

そのためには、平和至上の姿勢をみせねばならない。たとえば加賀《かが》百万石の前田家は、茶の湯・技芸・九谷《くたに》焼など、文化重視を示すために奨励したといわれる。井伊藩は財政的に余裕があったが、それを蓄積するだけでは、軍事クーデターの準備とみられかねない。蓄積したものは、はでに散じなければならないのである。

玄宮園のような大工事は、幕府の疑惑を解くのに適したものであったろう。幕府の中枢に入ることが多かっただけに、井伊藩はこのような点には神経質であったにちがいない。

十八万石時代の城を、三十五万石になっても増改築しようとしなかったのも、保身のためであろう。玄宮園を造営する費用をもってすれば、彦根《ひこね》城はもっと増強されたはずである。そうかといって、京都の朝廷へのそなえという任務があるので、武備をおろそかにすることもできない。城山の樹木は、すぐに薪《まき》材にできるようなもの、あるいは槍《やり》の柄《え》につくれる土佐樫《とさがし》、血どめ薬になるカクレミノなどが植えられていた。万一にそなえてのことだったのはいうまでもない。

いま井伊家の下屋敷は料亭《りょうてい》兼旅館となっていて、わたしも数年まえ、ここに一泊したことがある。聞けば、わたしが泊まった何年かあと、由緒ある建物が焼失したという。庭園のほうは管理が行きとどいているだけに、残念でならない。

城の精霊はよぶ

彦根城《ひこね》はあれこれとくふうを凝《こ》らした城であるが、その城に拠《よ》った井伊《いい》藩の人たちも、城のすがたと同じく、その時代時代を、賢明にくふうして生き抜いたのである。お城や大名といえば、すぐにお家騒動が連想されるものだった。彦根城にも派閥争い程度のものはあっただろうが、大きく表面化したことはまれであった。

井伊直政《なおまさ》は佐和山《さわやま》城主となり、居城の移転を望みながら、それを果たさずに死に、息子の直継《なおつぐ》がその事業をうけ継いだが、実質的にはその弟の直孝《なおたか》が彦根藩の初代藩主といってよい。その直孝はお家騒動の禍根を断つために、嗣子《しし》以外の子はすべて他家や、あるいは家来の家の養子とする、という家憲をつくったのである。すこしでも希望があるから藩主の地位をうかがい、その取り巻きがそそのかして、お家騒動がおこるのだ。藩主の子といえども、家督を継ぐのは定められたひとりに限る、ということにしておれば、それが防げるであろう。この家憲は、大名の取りつぶしの機会を、あれこれねらっている幕府の方針を意識して、それへの対応策として定められたのだ。

井伊直弼《なおすけ》は十四男に生まれ、彼以外の兄弟はみな他家の養子となった。彼の弟直恭も彼より先に延岡《のべおか》藩の養子となった。なぜ直弼だけが三十を過ぎるまで、埋《うもれ》木舎《ぎのや》にとり残されたのか？

暗愚であるとか、肉体的な欠陥があれば、養子先もなかなか見つからないかもしれない。だが、直弼は文武両道に秀でた好漢であった。弟に先をこされるほどモテなかったとは思えない。

わたしは彦根藩が直弼を、はじめから藩主のうけ皿としてキープしたのであろうと思う。兄の直亮《なおあき》はそれほどじょうぶな藩主でなかったし、その養嗣子の直元《なおもと》（実は直亮の弟）も養父以上に病弱であった。藩のためには、藩主のスペアを用意しておくべきであろう。

こうしてみると、埋木舎での直弼の勉強は、少年期はともかく、成人に近くなってからは、隠れた「藩主学」であったという考え方もできる。同じ藩主の予備を用意するにしても、聡明《そうめい》な人物であるほうがよい。藩の幹部の目にとまって、直弼は養子にもいけず、三十過ぎまで結婚さえできない状態におかれたのではあるまいか。

彦根城は慶長《けいちょう》の築城以来、ただの一度も合戦の経験をもたなかった。城と合戦はつきものだが、彦根城の場合は、その城を語るのに合戦譚《たん》をともなうことができない。彦根城の名を人が耳にするとき、まず思いおこすのは合戦ではなく、井伊直弼の名である。したがって、彦根城を語るには、井伊直弼のことにふれないわけにはいかない。

三十六歳で彦根藩主となった直弼は、二年後、幕府から相模《さがみ》(神奈川県)警備を命じられ、その翌年、ペリー来航にさいして久里浜《くりはま》を警備した。彦根藩は彼の兄直亮が洋学をすすめ、西洋の事情に通じていて、開国のムードはもともとかなり濃厚であった。しかし、在府家老岡本半介《おかもとはんすけ》のように、熱狂的な攘夷《じょうい》論者もいた。直弼は開国と攘夷の双方の熱気を、自分の身に浴びていたのである。それが開国に傾いたのは、ペリー来航を目のまえにみて、研究と思索をつづけたからであろう。安政《あんせい》元年（一八五四）、水戸斉昭《みとなりあき》の攘夷論に反対し、京都守護職《しゅごしょく》を命じられて帰国した。その翌年、出府するにあたって、彼はみずから戒名をつけた。それは、

――宗観院柳暁覚翁居士

である。命を賭《か》けて国事にあたる覚悟をしたのだった。

安政五年、四十四歳で大老職に就任し、勅許を待たずに日米修好通商条約を締結した。水戸斉昭ら攘夷派の反対がいっせいにおこったが、井伊直弼は力でそれをおさえつけようとした。力とは酷刑主義である。安政の大獄がはじまった。

違勅開国については、後世の史家も識者も直弼に対して寛容になっているようだ。しかし、安政の大獄で吉田松陰《よしだしょういん》や橋本左内《はしもとさない》を殺したことについては、いまだに免罪符が出ていない。

先祖代々、京都をにらんできた。彦根藩主として、井伊直弼は朝廷に対する幕府の弱腰が歯がゆかったにちがいない。彼の解釈によれば、条約締結のような

「政道」は、いちいち朝廷の許可を要しないものであった。十八か条の諸法度は、幕府と朝廷との間の約束ごとだが、その第二条に、

——親王摂家をはじめ、公家《くげ》ならびに諸侯といえども、ことごとく支配いたし、国役いっさい知らせるべく、政道奏聞に及ばず候

とある。

この解釈のうえに立って、直弼は強行突破をはかった。それは挑戦《ちょうせん》であった。安政の大獄の酷刑主義は、直弼の挑戦のひとつの表現というべきであろう。裁判で寛大にすぎるという理由で、板倉勝静《いたくらかつきよ》や佐々木顕発《ささきあきちか》といった裁判官が処罰されたほどである。天下の怨《うら》みは、ことごとく直弼に集まった。——直弼は覚悟のうえだった。そのために、すでに戒名まで用意したのだ。

万延《まんえん》元年（一八六〇）三月三日、桜田門外は雪で真っ白であった。十七人の水戸藩士とひとりの薩摩《さつま》藩士が、通りかかった井伊直弼の行列に襲いかかった。直弼の首が刎《は》ねられたのは、あっという間のことであったという。

幕府の規則では、大名・旗本を問わず、その不覚の死は、お家断絶ということ

になっていた。彦根藩はついにおしまいなのか？　だが、大老怪我《けが》とどけ出て糊塗《こと》することになり、幕府は「半知十七万五千石相続」という決定をした。お家断絶は免れ、三十五万石の半ばは相続できるというのである。

彦根藩は、「水戸征伐」をとなえ、家臣団が江戸に集まり、不穏の空気がみなぎった。幕府はあわてて、

――十万石減封、残り二十五万石相続

と変更して、やっと彦根藩をおさえたのである。このような動揺ぶりをみれば、幕府の命脈も長くないことがわかる。

彦根藩もかつての「赤備《あかぞな》え」の気力はなくなり、藩として保身に汲々《きゅうきゅう》とするようになっていた。慶応《けいおう》元年（一八六五）の第二次長州征伐に、出陣を命じられても、藩主井伊直憲《なおのり》は病気と称して動こうとしなかった。

明治維新にさいして、彦根藩は足軽以上のものが意見を徴された。譜代筆頭として、あくまで幕府に殉じ、城を枕《まくら》に一戦すべきか？　それとも官軍に帰順すべきか？　――一万数千の藩士のなかで、幕府に殉ずべしと叫んだものはわずか四

名であった。

明治になって、廃城令が出て彦根城も取りこわされることになった。明治十年（一八七七）、天皇の北陸行幸《ぎょうこう》のさい、地元住民が懸命に城の保存を訴え、それが許されて、やっと今日まで残ったのである。わたしはひそかに思うが、

——彦根城を残せ！

という叫びのなかには、天守を移された大津《おおつ》城や小谷《おだに》城、石垣を根こそぎここへ移された佐和山城・長浜《ながはま》城などの城の精霊のようなものが、聞こえざる声をあげて支援したのではあるまいか。

明治藩閥政府の懲罰的な処遇によって、井伊直弼の居城彦根は、産業的にも落《らく》伍《ご》地帯になってしまった。そのことで、彦根城はまたしても生きのびることができた。第二次世界大戦でアメリカ空軍は、彦根の町は爆撃予定地リストにのせなかった。爆撃する価値なしと判断したのである。

彦根城を訪れる人に、わたしはせめて向かいの佐和山に向かって、姿なき城をしのぶひとときをもっていただきたいと助言したい。——

岡山城

藤原審爾

ふじわら・しんじ

1921年～1984年。52年、「罪な女」ほかで直木賞受賞。主な作品に「新宿警察」「秋津温泉」など。

歴史のいのちを殺した戦争

その時分、わたしが住んでいた家は、お城の旧城内の旭川《あさひ》べりにあった。ちょうど旭川が左に曲って流れていく、その正面の見晴らしのよいところで、裏はお城の石垣だった。川ぞいにあるお城の入口から二軒目である。そのお城のそばの家で、妻と生れたばかりの子どもの三人でわたしは暮していた。

お城が焼けたのは、昭和二十年六月二十九日の未明のことで、その夜わたしは倉敷に出かけており、終列車に乗りおくれ、軍用列車で夜半すぎ岡山へ戻《もど》った。駅につくのと同時にB29七十機が、一里少々四方の小都市へ襲いかかったのである。

若い人には理解できないだろうが、戦争というものは、実に程度の悪い低級なものなのである。むろんそれを仕事にしている軍人も野蛮な連中であって、格別軍備もない地方の小都市を平気で無差別爆撃をする。ただ爆撃するのではおもしろくないので、皆殺しにしようとする。ベトナムで使ったような毒ガスこそつかわなかったが、七十機のB29は小都市を外郭から焼きはじめたのである。外から焼いて、市中の人たちの逃げ道をふさぎ、そのあと市内を絨氈《じゅうたん》爆撃したのである。それはいまだに、ああいう思いを米人達にいちどあじあわせてやりたいという気持ちが消えぬほど、非道でにくたらしいものだった。

駅を出るなり空襲にぶつかったわたしは、折よく通りかかった、知人の兵隊が運転していた軍のオート三輪に乗せてもらい、家へ帰りはじめた。

駅は西のはずれのほうで、家は南のほう寄りで、距離は二粁くらいだが、逃げまどう人が路《みち》を右往左往しているので、電車通りが進めない。迂回《うかい》しようと道をかえたが、どこも人が逃げまどっている。そのうち市中へ焼夷弾《しょういだん》や爆弾が落ちだし、それに追われて市外のほうへ逃げていくと、そこはもう燃えしきっている。

ともかく空襲はしつこくて、燃えて通れぬ路に避難する者が群がって来るというと、低空で銃撃を加えてくるのである。ちょうど田植えが終ったばかりの頃なので、水田がある。そういうところへ逃げこんで、B29がひきあげるのを待ち、夜が明けかけた頃から、お城のところの家へ帰りはじめた。家の斜めの前には広っ原もあるので、そこへ逃げだしていれば、家族は無事だろう。家族お城までかれこれ一里(四粁)はある。焼け落ちた家が燻《くすぶ》り、火照る路を、家族の無事を祈りながら小走っていった。あたり一面焼け野原なのだが、まだ燻り燃えており、黒煙がたちこめていて見通しがきかない。

ともかくお城が残っていれば、わが家も残っている筈である。絶間なくわたしは、背のびするようにしてお城のほうを見ていたのだが、立ちのぼる煙で見えないのである。

やがてお城が見えなければならない筈のところまで、わたしはやってきたのだが、朝空の中に見馴《な》れた烏《う》城の偉容は見えない。空を仰いで、ああとわたしは一瞬、路上で胸がつぶれ、立ちすくんでしまった。

くだらない空襲で焼け落ちてしまったお城は、それから二十一年後の昭和四十一年に新たに建てられたのだが、わたしの中ではお城は死んでしまった。新しい城もなんどか見たが、わたしの中ではお城はいまだに蘇《よみがえ》らない。

わたしだけでなく、おそらく多くの人々の心の中で、あの日、お城は死んだにちがいない。

そんなふうに戦争は、歴史のいのちを殺してしまうのだが、軍人達はもとより戦争自身も、そのことを知らないのである。

主たちの悲運な死

岡山地方には、吉備津彦命《きびつひこのみこと》から出たといわれるような古い家柄の一族をはじめ、土着の旧家などがあるせいだろう。わたしの家などでも、池田《いけだ》は織田《おだ》の足軽《あしがる》じゃというようなことを言っていた。

こういう言い方をするのは、あまり素直でなく、現実にうとすぎるけれども、地方でそれ相当の力を持った者等には、時の大名《だいみよう》などさして問題にしなくてよい世界があったのである。

それを民衆の力とみるならば、池田は織田の足軽じゃという言い方には、ある面白さもあるのである。祖母育ちのわたしは、そういう式の話を、ふんだんに聞かされ、それによって教育されたのであるが、もとよりそういう式の教育よりも、学校教育で生きるようになっている。とりわけ若い頃は、そういう式のことに過敏な反撥をしていたが、この頃ではいくらか考えも変り、そういう式の話を捨てがたく思うところもある。

そういうてぃの話をすれば、烏城《う》は邪悪な者に建てられたものであるから、げんのわるい城というようなことになる。多分、なんども祖母から聞かされたせいだろう、かなりの年になるまで、なんとなくわたしは暗い印象を烏城に抱いていた。

姫路の白鷺《しらさぎ》城は、実にみごとな城で、外観も明るいが、それにくらべて黒い壁の烏城には明るさがない。曇天の日などなんとなく陰鬱《いんうつ》なものを漂わせている。

しかしそういうことから、げんの悪い城というわけではなく、その原因はあれを築いた宇喜多直家《うきたなおいえ》にあるのである。わが家での話によると、直家の家は児島高徳《こじまたかのり》から出たもので、直家の祖父の能家《よしいえ》は守護《しゅご》代浦上《うらがみ》の番頭《ばんがしら》格だった。能家は老齢になり職を辞して児島の城へ帰ったのだが、その後隣の城の集に攻め滅ぼされ、興家《おきいえ》は一子を連れ、かろうじて、福岡の黒田家へ逃れた。その後興家は亡くなり、一子直家は十三の砌《みぎり》、単身、浦上を頼って九州からやってきた。浦上守護代はその直家を十八歳まで育てた後、兵を授けて児島に赴かせ、祖父の仇《あだ》を討たしめた。当時漸《ようや》く朝廷の威光は、衰え、租《そ》をおさめぬ者もあり、それらを直家に討たしめているうち、直家は次第に慢心し、ついには生家浦上を襲って滅亡させたのである。岡山の城はもと金光宗高《かねみつむねたか》のものであって、宗高は直家に服属したのだが、これを自城の沼城に招いて、叛逆《はんぎやく》の罪をきせ、切腹させてとりあげた。そして大増築をし烏城をつくったのだが、そういう忘恩の徒のつくった城は、それだけのものであり、人の怨《うら》みのこもったものであるから、城の主となった者には好運はおとずれない。

直家はその後、毛利《もうり》と組んで播磨《はりま》（兵庫県）あたりまで攻略しようとしたり、そうかと思うと織田《おだ》信長に帰順して、毛利と戦ったり、そういうとりとめない、欲まかせなことをやっているうち、怨みたたりの腫物《しゆもつ》が出来、その腫物に日夜苦しめられ、のたうち死ぬようなことになったそうである。

実は、宗高を騙し殺し、奪いとった城を、直家が大増築したのであるけれども、今日の烏城のようなかたちになったのは、その後のことで、秀家《ひでいえ》が文禄《ぶんろく》三年（一五九四）から数年をかけてつくりあげたものらしい。

呪《のろ》われ人の怨みのこもった城は、つまり直家の死後できたものであって、そういう暗いいわくのものではないのであるが、そういうことは語り伝えの大まかな人の盛衰、世の歴史には、すくいあげられないような、小さなことかもしれない。あるいはもともと直家の改修した城をとりこわし、城を移したわけではないのであるから、そういう暗運の城ということになるのかもしれないが、そういう一つの、人や城の運命をつかむつかみかたには、人間の能動的な英智を感じさせられる。

ともかくあの城には、人の怨み、非道の罰があるように、主《あるじ》たちはそれぞれ幸運をつかみかねているのである。秀家は豊臣秀吉の庇護《ひご》をうけて、後に五大老になるが、野の語部《かたりべ》たちによれば、例の備中《びっちゅう》高松城の水攻めの時、直家の妻であり、少年秀家の母であるお福《ふく》が秀吉とねんごろになったせいだそうである。秀家はわずか十歳で城主になり、秀吉の庇護をうけたが、城の大改造を行った慶長《けいちょう》二年（一五九七）の頃には、国政を担当してきた重臣たちの派閥抗争がおこっており、秀吉の死後はそれがいちだんと乱れ、そのうち関《せき》ヶ原《はら》の合戦で秀家は西軍に味方して敗れ、やがては鳥も通わぬ八丈《はちじょう》島へ流刑され、あわれな末路で一生を終えるのである。

つづいて因縁の城の城主となったのは、関ヶ原で西軍を裏切り、秀家を失墜せしめたところの小早川秀秋《こばやかわひであき》である。筑前《ちくぜん》（福岡県）名島の城主だった秀秋は、慶長五年の秋、備前《びぜん》・美作《みまさか》（ともに岡山県）五十一万石を賞賜されて、六年の春に烏城に移ってきたのだが、わずか一年のうちに、狂乱して死を迎えている。

秀秋は北政所の兄の子で、秀吉の養子となり、然《しか》して小早川隆景《たかかげ》の養嗣子となったのだが、秀吉が亡くなり、立場も微妙になり、やがて隆景が亡くなって関ヶ原の合戦においても、いうなれば実家方を裏切るようなところにおしこまれた。ひとつには我儘《わがまま》過激な性質でもあったようである。

とまれ東軍に加担して、備前・美作を得たのであるけれども、戦国乱世の腕ずく強盗のような風潮は、急速に失われはじめており、二十すぎの裏切り者、秀秋への評価には冷たいものがあったのだろう。鳥城に移り、城主になると倶《とも》に、手に負えぬ暴君になった。殺生を好み、数知れぬほど手打ちにし、城内のあちこちに、血染めのあとが出来たと語られているほどである。国政は乱れ、奸臣《かんしん》横行し、秀秋は、呪《のろ》われたように乱行のかぎりをつくして、わずか一年余で亡くなったのである。世嗣《よつぎ》がなく所領は没収された。

その死についても、諸説紛々である。わが家では、直家とおなじく腫物が体《からだ》のいたるところに吹き出て、のたうち死んだというように語られていた。

わずか一年余、秀秋は岡山にいただけであるが、何故か悪名はとどろいている。これといって秀秋についてまとまったものを読んだわけではないのに、断片的な挿話《そうわ》のたぐいを、わたしは聞かされ覚えている。その死にざまなども、殺生厳禁の池の鯉《こい》をとり、その帰りに橋から落ちて死んだとか、面白半分に百姓をなぶり殺しにしていたところ、突然百姓の反撃をうけ、蹴《け》殺されたというようなのも聞いたように思う。

毒饅頭事件

秀秋《ひであき》の没収された所領の備前《びぜん》・美作《みまさか》のうち、備前二十八万石は、姫路城主池田《いけだ》輝政《てるまさ》の二男である忠継《ただつぐ》に与えられた。忠継の生母は富子《とみこ》といい、徳川家康の娘であるから、忠継は、家康の孫である。

忠継は孫とは言いながら、わずか五歳の幼児であったゆえ、輝政《てるまさ》は家康に乞うて、長男利隆《としたか》を後見人ということにし、烏《う》城に代って赴かせることにした。

輝政の長子である利隆は、富子の子ではなく、前妻である糸子の子である。輝政は、先に北条氏直《ほうじょううじなお》に嫁いだ富子が、北条家没落後、後家となっていたのを、糸子を離縁して迎え入れたのだが、寵愛《ちょうあい》して忠継・忠雄をはじめ五男二女をもうけた。前妻の子の利隆は、いくらか冷たくあつかわれており、忠継の代理として鳥城に入ったのであるから、鳥城の主といいがたいので、格別、暗い運命にさまようこともなかった。

しかしその後、輝政が亡《な》くなると、家康は、長男利隆に播磨《はりま》十三郡四十二万石を与え、忠継には備前に加え播磨三郡を合せた三十八万石、弟忠雄には淡路《あわじ》(兵庫県)六万石を領せしめた。そこで鳥城の城主代理だった利隆は、それより姫路に帰り、姫路から忠継が城主として富子とともに移ってきたのである。

ここに鳥城城主が名実ともに生れたのだが、その忠継もまた、一年ばかりのちに、あっけなく亡くなるのである。

これまた語りぐさによれば、忠継の母の富子は、忠雄のほかに、輝澄《てるずみ》・政綱《まさつな》・輝興《てるおき》という三人の子たちをもっている。忠雄はともかく淡路六万石を与えられたが、あとの三人の子たちにはこれといった沙汰《さた》がない。

漸《ようや》く、老いてきた富子は、子たちのことを案じるうち、利隆の四十二万石に食指をうごかしはじめた。利隆には岡山で生れた光政《みつまさ》という世嗣《よつぎ》があるけれども、まだおさない。利隆が亡くなれば、鳥城の例もあるゆえ、忠継が姫路の城に戻《もど》ることが出来るにちがいない。なんといっても姫路の城は美しく立派《りっぱ》なものであって、鳥城とはくらべものにならない。もしも利隆がいなくなれば、自分も姫路へ帰ることが出来るし、おさない三人の子たちにはそれぞれ贈賜《ぞうし》があるに相違ない。

あれこれ考えているうちに富子は、本気でそう望むようになり、岡山城中で利隆と忠継が対面するとき、口取りの饅頭《まんじゅう》に毒を入れておき、それを利隆に食べさせることをたくらんだ。しかし腰元のひとりが、密《ひそ》かに掌《てのひら》に毒という字を書いておき、それを利隆に示してとめたので、俄《にわ》かに利隆は顔色を変え、その饅頭に手をつけなかった。

その様子《ようす》を眺めて忠継は、母の富子のたくらみに気づくと、自分がその饅頭をとり、従容とたべはじめた。思いがけぬことになった成り行きに、富子は驚き蒼《あお》ざめ、わがおろかさをはじ、もはやこれまでと自分も饅頭をたべ、その日のうちにあの世へ旅立った。

忠継もそのあとを追って亡くなったこの出来事が、鳥城毒饅頭事件とよばれる話になっている。いささか芝居じみた話であるが、その事件のために、岡山には富子をまつったところがなく、のちに鳥取藩主になった忠雄の子の光仲《みつなか》が、因州(鳥取県)に良正院正覚寺を建立したのだともいわれている。

忠継の死により、忠雄が淡路島より転封されて、鳥城の新たな城主になり、備前(岡山県)一国及び富子の化粧料であった備中《びっちゅう》(岡山県)の浅口・窪屋・下道・都宇などの四郡、合わせて三十一万五千石が与えられた。

この忠雄はこれまでの城主とちがい、どうにか無事に十数年生きのびたのであるが、元服前に城主となり、三十になるやならずの年で他界しているのであるから、鳥城にこもった怨念《おんねん》も漸くとその力をうしなったとはいえ、いくらかそのたたりを示していなくもない。

また忠雄は、伊賀《いが》(三重県)越えの仇討《あだうち》で名高い、あの渡辺数馬《わたなべかずま》の主君であり、あれは忠雄の稚児であった渡辺源太夫を同藩の河合又五郎《かわいまたごろう》が斬ったことが発し、旗本《はたもと》と大名の抗争となった事件だが、あの騒ぎの最中に忠雄は急逝《きゅうせい》しているのであり、「死後の読経より、又五郎の首を供えよ」と言って死んだといわれている。死因は全身の吹出物によると伝えられているのである。

こういう語りつがれた話に、どの程度の事実がとらえられているかは、もともと語りつぐ人々にとって、さしたる価値のないことなのである。それはしかし人々の興味だけをかきたてる話というようなものでしかないというわけにもいかない。こうした話が語られるうちに、粉飾されたり、忘れられたりする部分は、もともと長い歴史の中では捨象《しゃしょう》されて行くようなものなのである。

もちろんそうした人々が、事実を正確にすることに関心をあまり示していないからといって、事実を粗略にあつかっているとはいえない。人々が住んでいるところは、実証可能な事実の世界ではなく、理想や愛やあらゆる人間的なものを築きあげてある場なのである。人にとって、ものは事実としてあるばかりでなく、それとの関係の中で、人間的な意義づけが事実に対して行われることによって、新たなものとして発展してくるのである。語りつがれる話というものは、そういうかたちで、そういう場に生きているものであるから、いわばそういう心の耳で聞かなければならぬもののような気がする。

もうずいぶん昔の、かれこれ四十年もまえのことだが、わたしは、

「だけど、おかしいじゃないか」

と祖母に、池田光政の例でくいさがったことがある。利隆の子の光政は、やがて鳥城の城主になったのだが、鳥城の暗い因縁などにはすこしも犯されることなく、盛大に生きて行くことを理由にして、くいさがったのであるが、祖母は別にひるむ様子《ようす》はなかった。天罰もたたりも、ほどほどのものであって、これぐらいでよしと思えば、それで終りになるというような意のことを言った。そういう返事では、満足出来なくて、このときのことが記憶にのこっているのであるが、この頃、思いだすというと、その理に合わぬ返事の意味などはあまり気にならなくなっている。

こういう語り伝えというものは、要するに人らしく育てるための心得を教える

ようなものであり、それを権威で教えるかわりに、むかしの親たちは事実を借りて、こういう話をするのであり、少々の間違いなどは、気にならなかったのだろう。むしろこういう話に耳を澄せ、心を大きく展《ひら》いて、聞き入っているおさない子たちの在り方が、いかにもおもしろく思われる。あれが、世に立ち向かう心を育てているのであり、その心がやがて少年に理想を芽ばえさせる土台になるのではなかろうか。

光政と蕃山の藩制改革

忠雄には世嗣《よつぎ》勝五郎《かつごろう》、のちの光仲《みつなか》があったが、忠雄が死んだ折はわずか三歳であった。備前国《びぜんのくに》は、幕府にとっては、西の毛利への備えの地であるから、わずか三歳の者にまかせるよりは、光政《みつまさ》がよかろうということになった。鳥取藩主の光政は、千姫《せんひめ》の娘である本多勝子《ほんだかつこ》を妻としており、秀忠《ひでただ》の孫娘の婿《むこ》であり、幕府とは関係も深い。さらに千姫は天樹院《てんじゅいん》となり、江戸城では東の丸殿とよばれ、あつくもてなされているのである。そういう背景から、光政は、寛永《かんえい》九年（一六三二）八月、鳥取より岡山へと移ってきて、新たな烏《う》城城主となったのである。

光政は、三賢侯、四君子などとよばれるほどの、名君としての誉高き人物であって、藩政改革にはすこぶる熱意を示した人物である。熊沢蕃山《くまざわばんざん》を重用して、あれこれの改革を行ったが、なかなか成果をあげることは出来なかった。天樹院が死去したとき、五万両ちかい借金を光政はしておるあたり、改革の成果を暗示しているようである。

光政は、陽明学派風であって、心学派とよばれ、幕府からもあれこれ注意をうけている。とくに熊沢蕃山は、由比正雪《ゆいしょうせつ》などにも影響を与えたとして、一時幕府より注意人物あつかいをされたほどであり、ともに気質は激しかったと思われる。

光政も蕃山も、ひと口でいえば、漸《よう》く泰平に馴《な》れ、安逸《あんいつ》に走りだした武士たちへ、過大な要求をせざるを得なかったような武骨者である。過大というのは、新たな武士像を提起せずに、曾《かつ》ての武士像をかかげ、そこに安逸に流れている家臣たちをひき戻《もど》そうとしたのである。贅沢《ぜいたく》無為な生活になれ、志をうしなった武士たちのありさまを歎き、農民を苦しめる武士を手きびしく叱責《しっせき》している文章や逸話が多く残っている。

曾ての武士のような質実で、仁和のある、剛直な家臣をのぞむところから、光政の改革は発想されたもので、その第一のあらわれは税や年貢の取立を藩が直接行うようにして、家臣たちの過酷な徴収をなくすることにより、農民たちを助け、家臣の贅沢の根を断とうとしたのである。そもそも文武にはげむよりも、暮らしを贅沢にすることをよろこぶような心根や風潮を横行させぬためには、人智を高めなければならない。そのため光政・蕃山は、教育を思いたったのである。藩校をつくり、手習所を藩内各地へ設け、藩民の教育にあたったのである。

蕃山はもと浪人であったのを藩士にとりたてられ、三十二歳で三千石の番頭《ばんがしら》になり、その数年後には、光政の三男を養子にもらい、隠居している。一介の浪人と光政は、藩内ただ二人の理論家であり、追従する者がなく、いっそう緊密な仲となったものだろう。ともに相手をのぞけば語るに足りる友がなかったというようである。さらに彼等は自分たちの考えが世に冠たるものだという確信をも持っていたのであって、たとえば藩校の閑谷《しずたに》学校を設立する折など光政は、長く後世にのこるものをつくれと命じているほどである。

たしかに光政の考えたことは、当時の藩政改革としては、目にあやなるものである。租税の直接徴収という方法にしても、人材登用にしても、思いきった措置である。手習所などにしても、百三十近くつくったのであり、藩校というものも光政の発明といってよいだろう。この時代には欧州でさえ、藩校的なものはまだ存在していなかったのであるから、光政の見識の高さは自《おのずか》ら察しられるが、しかし実際面では、そういう行政はその成果をあげることが出来ず、ふえたのは借財ばかりというありさまだったのである。

光政は、正しきことを行ったのであるが、正しいことが通るとはかぎらないのである。人材登用にしても、すぐれたものを採用し藩政を分担させるということは、身分制秩序と対立するものであるから、幕府にとっては簡単に歓迎出来ぬ行政ということになる。手習所で勉学させることも、世の秩序に対しての意見を抱かせる因《もと》となるものである。幕府は、漸く基礎が定まり、機構も一応ととのい、行政手腕が重視される時期に入っており、単位である諸藩の変動は最も警戒しなければならない。それが中央政府を浮き上らせ、弱体化する因になりかねぬからである。備前にすぐれた藩政が行われるようになり、諸藩がそれへ追従するような事態がおこれば、幕閣の威信にかかわりもしよう。

勢い光政への風当りは強く、あれこれの圧力がかかってくる。それになによりも、人は少々の教育で早急に変化するものではない。人々の意識が変るためには、その経済的な土台の変化が必要なのだが、それを革《あらた》めたわけではないのであるから、容易に成果はあがらない。

たとえば手習所にしても、藩内百二十余箇所につくられ、最初の頃はなかなか評判もよかった。当時、寺社の整理が行われたあとであって、そういう整理した寺社が手習所の場所になったものであるから、新たな収入としてよろこばれたのだが、そのうち教育費が削《けず》られたばかりでなく、生徒の数も年々少なくなり、閑谷学校のように、その地方の手習所をいくつか統合するというかたちになり、次第にさびれ、期待していたような成果はあがらなくなったのである。手習いを月のうち十五日も出かけて行ける農民の数は、それほど多くもなく、実益につながらないところに、むつかしい条件があったのである。これはつまり身分制や経済的な貧しさを、いわば心学でおぎなおうとするような施政であって、藩家中の子弟教育にはそれなりに通じるところがある。昔日の凛々《りり》しい武士になろうということであって、その可能性の道はあるのだが、それをそのまま農民にあてはめ、よく働くよき農民を育てようとしても、それは無理なはなしである。しかもそういう教育にしても、これは藩主さまの慈悲であるという態度でおしすすめられ、一方、藩家中の者はこの策に批判的なのであるから、成果のあがりようがないというていのことだった。

　こういう施政の結果、光政は、漸く具体的な、諸般の情勢を顧るような人物になり、熊沢蕃山とも訣別《けつべつ》し、その地位にひきこもるようになるのである。

隠居した蕃山は、いまの備前市あたりに住み、しばらく隠棲しているが、四十そこそこの年であるから、ふたたび諸国へ遊説しはじめ、のちには幕府によって牢死《ろうし》させられる。過激な人物というよりも、光政も蕃山もそれぞれ前衛的な人物であり、偶々《たまたま》施政をほしいままに出来るため、安易に突進し、能《よ》く成果をあげ得なかったのである。

わたしは蕃山が隠棲した備前市の者で、学校は、閑谷学校であり、のちに東京から疎開して戻《もど》ると、烏城の旧城内に住んでいたので、光政・蕃山にはなんとなくゆかりを覚えて、愛着が深い。

堕胎を禁止し、人口増加に備えて、干拓事業を行い、実質百万石などといわれたが、その実、借金がふえただけであり、歌舞・音曲法度《はっと》で、遊郭《ゆうかく》も劇場も料理屋も許さなかった光政、常習賭博《とばく》者を死刑にしたりした光政、破産者などのことを憂えて、簡略屋敷などつくった光政の創意は、まことにすばらしい。

しかし、そういう施政の挫折《ざせつ》というものは、これまたおそるべき影響をのこすものなのである。それを光政の功罪というのではなく、人の世のむつかしさとして言うのであるが、いわゆる今日の岡山県人に一つの気質をつくりあげたようである。教育県といわれるのもそれであり、革新的な行為にすこぶる逡巡《しゅんじゅん》する。明治四年（一八七一）まで禁止されていたせいで、歌舞・音曲・文学などに疎《うと》く、すこぶる事大《じだい》主義であって、土着性のあるものを顕彰しようとしない。劇場・料亭・旅館なども、むやみに大都会なみの料金にしたがる。そうかと思うと、下層の者への関心がつよく、片山潜《かたやません》・山室軍平《やまむろぐんぺい》などという人物が生まれるのである。

然《しか》してそれはともかく、烏城語り伝えは、この光政で終るのである。御一新までの城主の話は、芳烈公光政の遺訓をよく守ったなどというものばかりであって、これといった逸話もない。ただただ幕府の意向にそうだけの藩主は、野の人々にとっては、心を育てる種《たね》にはならないのであろう。

わたしの〝烏城〟は死んだ

空襲の日の朝、城と旭川《あさひ》の間の道を戻《もど》ってくると、城へ入る広場のところには、点々と木の燃え殻《がら》が散らかっていた。城が燃え、火がはぜて、燃える木片がとび、そこへ落ちたものだろう。つまりそれは城の一部なのである。そういう末路をむかえた城のその広場には、いくつも荷物が投げだしてあり、罹災民《りさい》たちがひと群れ、石垣のそばで、まだおびえがとれないようにしゃがみこんでいた。むろん、わたしの家も哀れに燃え落ちていた。書庫にあたるところがうず高くなり、まだぶすぶす燃えていた。

わたしの家族たちは無事で、それからわたしらは三里ばかり離れたところの、妻の家のほうへ、折柄の小雨の中をとぼとぼ歩いていった。

その後、広島に原爆をおとされ、間もなく降伏して戦争はあっけなく終末を迎えた。ちょうど敗戦になった頃のこと、わたしは烏城のほとりのわが家の焼跡へ出かけていった。実際、焼かれて間もなく、戦争をやめましたでは、なんだかひどく馬鹿をみた気がするものである。しかし焼跡に出かけていくと、おどろいたことには、もう両隣には新築の二階家がでんと建っている。その川ぶちのところは、市の別荘地であったので、資産のある者が住んでおり、家を建てるくらいのことに、不自由はなかったのである。

ところが、その川ぶち地帯のむこうには、数段低くなり、住宅地帯が続いている。焼跡の端に立つと、その焼跡がひろく目下にひろがっている。しかしおどろいたことには、新築の家など、一軒もみえず、焼けたトタンをかき集めたような小屋が、あちこちに見えるだけである。

それを眺めているうち、戦争の被害というものが、有産層にはさしたるものでなく、貧しい層へ痛烈な痛手を与えることが、ありありみえてきたものだった。目にはみえないが、一家の大黒柱を兵隊にとられ、戦死したような家もあるにちがいない。そういう家庭では、戦争の被害はこれから何十年もの間、いわれのない苦痛を与えられるのである。こんな不公平な話はないではないか。二度と戦争なんかするものか。

多分、その抑《おさ》えがたいほどのいきどおりが、決定的に烏城《う》という戦いのための城を、わたしの中で埋葬したのだろう。

新たな城が出来てから、はや二十年以上たち、何度か城を見たが、なんの感銘もおこらない。鉄筋の城などは、張子みたいなもので、昔ばなしをたたえることなど出来ないということもあるだろうが、城中を見物する気もいまだに、わたしはおこらない。

わたしの烏城は、あの空襲で死んだというよりほかはない。

福山城

江崎誠致

えざき・まさのり

1922年〜2001年。57年、戦争体験をもとにした「ルソンの谷間」で直木賞受賞。ほかに「運慶」「ルソンの挽歌」など。

水野勝成、数奇の流浪

福山城の祖、水野勝成《みずのかつなり》は、徳川譜代《とくがわふだい》大名のなかでも、有数のエピソードをもつ人物のひとりである。

永禄《えいろく》七年（一五六四）、勝成は、三河《みかわ》（愛知県）の刈屋《かりや》城主水野信元《のぶもと》の末弟忠重《ただしげ》の嫡男《ちゃくなん》として岡崎で生まれた。忠重の姉の阿大《おだい》の方《かた》が徳川家康《いえやす》の生母なので、勝成と家康は従兄弟《いとこ》にあたる。

いちおう名門の家柄であるが、戦国末期の動乱の時代、血縁はかえって破滅への首枷《くびかせ》となる場合が多い。一門内にもそれぞれに家臣団が形成され、主導権争いにしのぎを削るからである。

勝成が生まれたころ、忠重は兄の信元と仲たがいをしていて、岡崎で家康の麾《き》下《か》に属していた。信元は戦国大名の常として、今川・徳川・織田《おだ》の勢力間をたくみに泳いでいたが、天正《てんしょう》三年（一五七五）、信長の武将佐久間信盛《さくまのぶもり》の讒言《ざんげん》によって自刃させられ、しばらく水野家は断絶する。

その間家康のもとにあって、相次ぐ合戦に武功をあげた忠重が、信盛を追放して刈屋城主を継いだのが天正八年、嫡男の勝成が十六歳の年であった。

すでに勝成は戦陣の経験があり、相当の暴れん坊であったらしい。これより豪勇の父忠重に従って行動をともにするが、家康配下の武将として進退を持する父にくらべ、勝成には若年の客気からか、戦いそのものを楽しむような野放図さがあったようだ。

小牧《こまき》・長久手《ながくて》の戦いのさなか、勝成が父忠重の勘気《かんき》をこうむって流浪の旅に出たのは、父の寵臣富永半兵衛《ちょうしんとみながはんべえ》を斬《き》ったのが原因である。半兵衛が勝成のことを忠重に讒言したのに腹を立てたためといわれるが、おそらく、半兵衛はかってな振る舞いの多い勝成の行動を制肘《せいちゅう》しようとしたのではないかと思われる。

勝成は父のもとを逃れたあと、織田信雄《のぶかつ》につかえようとしたが、それを知った忠重は信雄に書面を送り、悴《せがれ》を召しかかえるなら今後助力はしないと強硬な申し入れを行なった。

また、勝成が家康の陣にとりなしを依頼にいくと、同様に忠重から忰を追放するようにという書面がとどけられた。

それほど忠重の勘気がきびしかったとも考えられるが、水野家内部の事情が作用しているようにも思われる。たとえば、すでに若殿勝成の身辺にも側近が形成されつつあったはずであり、半兵衛を斬られた大殿の側近が若殿をめぐるその勢力をたたこうとしたというようなことである。

少なくとも、忠重は勝成を死に追いやるところまでは追及していない。のちに流浪中の勝成に、忠重はひそかに家臣をつけてその身辺を守らせたという話も伝わっているから、勝成の出奔《しゅっぽん》にはなにか隠された裏があったのかもしれない。

それはともかく、それから十五年に及ぶ流浪の生活は、のちに福山城主となる勝成の人間形成に、重要な役割を果たしているので、その大略を述べておく必要がある。

勝成は京都に出てしばらく浪人生活を送ったあと、天正十三年、大坂に出て秀《ひで》吉《よし》につかえた。七百石の禄をもらったというから、あぶれ浪人の召しかかえとは違って、刈屋城主の倅という身分がものをいっている。

しかし、そこにも勝成は長くとどまってはおられなかった。傍輩と喧嘩《けんか》をして斬ってしまったのだ。秀吉は怒って、逃げだした勝成に対して、「諸国を尋ね求めてこれを殺せ」と命じたという話が伝わっているが、真偽のほどは定かでない。

大坂を出た勝成は虚無僧姿で九州に向かった。目あてがあったのかどうか、はっきりしないが、天正十四年、島津征伐に向かった秀吉麾下の佐々成政《さっさなりまさ》にどこかで従い、熊本城攻略に軍功をあげている。

秀吉の九州討伐が終わったあと、熊本に封じられた成政は酷政をしいたため、一揆《いっき》続発などがあって失脚し、秀吉に切腹を命じられるが、そのころ二十二、三歳の勝成が、成政の酷政の先端に立って敏腕をふるった姿を想像することも不可能ではない。

成政の失脚後、勝成は宇土（熊本県）の小西行長《こにしゆきなが》、肥後《ひご》（熊本県）の加藤清正《かとうきよまさ》、豊前《ぶぜん》（福岡県）の黒田如水《くろだじょすい》と、九州在住の大名のもとを転々とするのだが、一揆・叛乱《はんらん》相次ぐ時代なので、勝成の武勇は得がたい戦力として諸将に迎えられたのだ。

したがって、流転の生活といっても、九州にいたころの勝成は、かなりわがままに振る舞っている。身分も知られていたにちがいない。清正の妻は勝成の妹であるから、加藤家につかえたときは客分扱いをされているし、行長・如水のもとにいたときも、おそらく身分を隠しての仕官ではなかったであろう。つまり、外人部隊の将校・庸兵隊長のような待遇をうけていたのであろうと思われる。

出府する黒田如水の一行に従い、勝成が九州を去ったのは、天正十七、八年ごろのことであったらしい。一行は瀬戸内海を船で大坂に向かった。途中備後《びんご》（広島県）鞆津《ともつ》に停泊したとき、勝成は上陸したまま船にはもどらなかった。

船中で、如水に辱しめられたことがあって、逃走したのだが、譜代の家臣の脱走とは違って、庸兵が主人にあいそをつかして離れたのであるから、追手を差し向けられるというようなことはなかった。

これから十年近くも備後・備中《びっちゅう》（岡山県）をうろつきまわる勝成の足跡は判然としない部分が多い。

如水と別れたあと、沼隈《ぬまくま》郡一乗山《いちじょうさん》城主渡辺《わたなべ》元に庇護《ひご》されているところをみると、あてもない放浪に出たのではなかったことが知られる。

もっとも、食に飢えて百姓家の老婆にめぐんでもらったり、陶器づくりの手伝いをしたり、浮浪者同様の生活をした話も伝わっているので、安穏な放浪生活ではなかった時期もあったのであろう。

しかし、その期間の大部分は、あちらこちらと寺や豪族の家に寄宿し、案外、優雅な生活を送っていたようである。のちに福山城二代城主となる勝俊《かつとし》は、備中流浪中にもうけた子である。

のちに名君と謳《うた》われる勝成の人間形成は、おそらく、この備後・備中の流浪時代に培われたものである。勝成の武勇は生涯衰えることはなかったけれども、父のもとを去って九州を渡り歩いていたころは、肩肘《ひじ》張った姿勢がみられるが、備後・備中の流浪時代は、多くの知友をつくり、民衆の生活にとけ込んでいる。それは彼がやがて大名の座につき、当時彼が世話になった人びとに、まんべんなく報恩の手を差しのべているのをみても明らかである。

家康幕下の勇将となる

勝成《かつなり》が父の忠重《ただしげ》に勘気を解かれ、帰参が叶《かな》ったのは、慶長《けいちょう》三年（一五九八）三十四歳のときである。

こんな話が伝えられている。

秀吉《ひでよし》が死んで、政情が不安となった京都の町に、勝成が姿を現わした。家康《いえやす》の勢力が伸張するにつれ、反家康の策動も目だちはじめたときである。

当時、家康は伏見《ふしみ》の館《やかた》にいたが、夜な夜な槍《やり》を手にした屈強の武士がどこからともなく現われて警戒にあたった。家臣がふしぎに思って家康に報告すると、家康は「それは水野《みずの》勝成にちがいない。そんなことをするのは、あの男以外にはない」と答え、ちょうど上京していた父の忠重に、勘気を解くように命じた。講談仕立ての話であるが、家康か家康の側近が仲に立ったことはありうる話である。

あるいは、勝成が京都に現われたとき、刈屋《かりや》の武士近藤弥之助《こんどうやのすけ》・杉野数馬《すぎのかずま》を従えていたのは、忠重が家康守護のため勝成をひそかに呼び寄せたのだとも考えられる。

こうして、勝成の家康への忠勤がはじまる。慶長四年、豊臣秀頼《とよとみひでより》の供をして伏見から大坂城に移った家康が、反対派の陰謀で襲われそうになったとき、家康を舟で伏見に連れ帰ったのが、水野父子の軍勢だった。

翌慶長五年、勝成は刈屋城主となった。関ヶ原の戦いの前夜、勝成が家康の上杉攻めに従って下野《しもつけ》（栃木県）の小山《おやま》に陣していたとき、刈屋の居城にいた忠重が、石田三成《いしだみつなり》の刺客に襲われて殺害されたのである。

刈屋城主となった勝成は、関ヶ原の戦いでは大垣《おおがき》城攻めを家康に命じられてこれを落とした。

慶長六年、勝成は従五位下日向守《ひゅうがのかみ》に任ぜられた。その任官について、興味ある話がある。

日向守は、明智光秀《あけちみつひで》以来、空席になっていた。日向守といえば謀叛《むほん》の代名詞みたいな印象があったので、敬遠されていたのである。家康はそのことにふれて、「おまえに謀叛の心があるわけはないから、あえて日向守に任じたのだ」と言ったという。

これは、表面、だれよりもおまえを信頼するという意味にとれるが、一面、光秀のようなまねはするなよという警告ともうけとれる。

家康の複雑な性格を考えれば、絶対の信頼を勝成に寄せたことばとみるのは単純にすぎよう。

豊臣家が滅亡する大坂夏の陣では、勝成は第一線の指揮官として参戦し、嗣子勝俊《かつとし》に命じて大坂城一番乗りを果たさせて大功を立てるのだが、戦後の論功行賞では、家康は、勝成が軍命にそむいて一人駆けしたとして、わずかに郡山《こおりやま》六万石をあたえたにすぎなかった。

へたをすれば総崩れともなりかねなかった道明寺《どうみょうじ》合戦で、もっとも勇敢に戦い、勝勢に導いたのはわれなりと自負する勝成は憤懣《ふんまん》やるかたなかった。しかし、豊臣滅んで徳川の天下と決まったいま、主命にそむくことはできない、勝成はしぶしぶながら拝領せざるをえなかった。

武勇第一の考え方を捨てきれぬ将たちを見る家康のさめた目が、こんなところにもよくあらわれている。むろん、勝成を信頼はしていたにちがいないが、その人物評価はけっして甘くなかったことを物語っていて、日向守の任命には、家康特有の諧謔《かいぎゃく》がこめられていたようにも考えられる。

しかし、この年五十一歳の勝成が、武辺ひと筋の男でなかったことは、のちの治績をみれば明らかである。家康は夏の陣後しばらくして病没するが、型破りの放浪武者勝成のイメージが最後まで抜けきれなかったのかもしれない。

勝成の真価が発揮されるのは、郡山在城五年にして訪れた芸備《げいび》二州の大大名《だいみょう》福島正則《ふくしままさのり》の改易によってだった。

勝成の福山築城

徳川《とくがわ》幕府は、その権力をさらに集中させるため、武家諸法度《ぶけしょはっと》を制定して、大名の統制強化にのりだした。とくに秀吉《ひでよし》恩顧の大名たちの勢力を削《そ》ぐことに神経が使われた。

芸備《げいび》四十九万八千石の福島正則《ふくしままさのり》の追放は、その最たるものであった。正則は秀吉子飼いの武将であるが、秀吉の死後家康《いえやす》に臣従してから、その領国に値する貢献を徳川のためにしている。家康もそれを認め、関ヶ原の戦い後、芸備二州をあたえたわけで、家康の生前は正則の地位に不安はなかった。

正則がその領地を没収され、信州川中島へ移されたのは、元和《げんな》五年（一六一九）家康の死後三年めのことである。

改易の理由は、正則が広島城を幕府に無断で改修したということであるが、それは言いがかりだった。水害で傷んだ石垣や建物の修復を願い出たのに、幕閣ではどっちつかずの返事をしておいて、許可されたごとき印象をあたえ、正則をはめたのである。

福島家とりつぶしは、幕府の方針なのだから、かりに正則がそのとき用心して城の修理を行なわなかったとしても、いずれは別の条項にひっかけられ、とりつぶされる運命だったのである。

すでに時代が変わったことを諦観《ていかん》していた正則は、幕府と戦争する愚を避けてその命に服した。

「家康公在世ならばともかく、いまさら申すこともなし」

改易を伝えにきた幕府の使者に、正則はそうつぶやいただけであったという。

どうみてもフェアーなやり方ではないが、ふたたび戦乱の世にもどさぬために、徳川家を中心に鉄壁の体制をととのえていく当時の幕閣の頭脳は、なかなかのものである。

正則の領国は分割され、広島には和歌山城主浅野長晟《あさのながあきら》が、福山には郡山《こおりやま》城主水《みず》野勝成《のかつなり》が移封された。

この人選も芸がこまかい。広島の浅野、それに岡山の池田、ともに外様大名《とざまだいみょう》である。その中間に譜代《ふだい》の水野を置くという配置である。この時期、徳川に弓を引く勢力はすでになくなっているが、念には念を入れるやり方で、徳川中心の全国支配体制をかためていこうとしているのである。

同じ譜代のなかでも、豪勇の誉れ高い勝成を選び出しているのは、外様の多い西国へにらみをきかすという意味もふくまれている。

それは幕府が勝成に対し、別格の便宜をはかり、あらたな築城を許可するという措置をとっていることをみても明らかである。

正則の領国には、広島・三次《みよし》・東城・三原《みはら》・神辺《かんなべ》・鞆《とも》などの諸城があり、たんなる移封なら、そのどれかを居城と定めて改修するのが常識であるが、勝成の移封は西国鎮守《ちんじゅ》の意味あいをもつので、あらたな築城が許されたのである。

新領国は、勝成がかつての流浪時代歩き回った土地で熟知している。勝成は郡山より家士百余名を率いて鞆に上陸すると、神辺城には入らず常興寺《じょうこうじ》山に城地を決定し、近くの松山に仮寓《かぐう》を構え、みずから指揮して築城の仕事にかかった。

勝成が家士を率いて鞆に上陸したのが元和五年八月であり、幕府の許可を得て築城にかかったのは、翌元和六年の春であった。

幕府から監督の奉行《ぶぎょう》、戸川土佐守《とがわとさのかみ》・花房志摩守《はなぶさしまのかみ》が着任し、総奉行には勝成の第二家老中山将監《なかやましようげん》があたった。大工・左官の棟梁《とうりよう》は京都からよばれた。こうした陣容をみても、福山築城が一大名の居城という意味を超えたものであったことが理解される。

たいへんな突貫工事であったらしい。元和六年春にはじめられた築城の土木工事は、年末にはほぼ完成している。城地を構成し、膨大な石材を福山湾の小島から切り出して舟で運び、それを積み上げるという工事を、それも人力に頼るほかはない時代に、一年足らずで仕上げたというのは、ほとんど信じがたい話である。

どれだけの人員がこの工事にかり出され、苛酷《かこく》な労働をしいられたことか。史書には、土木工事の名手神谷治部長次の手腕によるものと記されているが、そのかげに泣いた民衆の労力は語られていない。

城の建物は、むろん新設の部分もあるが、神辺城の建物が移されたほか、秀吉の伏見桃山城《ふしみももやま》をとりこわしたものが、二代将軍徳川秀忠《ひでただ》の命によって移築された。その拝領の建物は、松の丸三層櫓《やぐら》・火打櫓・月見櫓・鉄御門・追手御内多門・廻《まわし》塀《べい》百八十間・橋三基・能舞台・本丸御殿・御湯殿などである。

新しくつくるより、安あがりであろうとは思われるが、考えてみるとこの移築も大仕事である。京都から福山まで、これら膨大な資材をどうやって運んだのか。馬力などを利用したとしても、なみたいていの苦労ではなかったはずである。

その城の建物が完成したのは、元和八年八月であった。約一年半の歳月がかかったわけだが、その間、勝成は城下町の造成も同時にすすめ、上下水道も完成させているから、これもおそらく土木工事におとらぬ突貫作業が行なわれたのにちがいない。

勝成はさらに干拓事業も平行してすすめた。これは、城の土木工事の監督、神谷治部に命じて行なわせたもので、その後も水野家累代《るいだい》の事業としてうけ継がれ、城周辺の平地の面積は倍加するにいたった。

そうした事業とともに、勝成の国づくりのなかでもっとも注目すべきことは、家臣団の編成のたくみさであろう。

十万石に応じた家臣団は、千余名を必要とする。勝成が郡山から連れていったのは、精鋭百余名にすぎない。つまり大ぜいの家臣を、新領国内部から採用できるわけである。

領国には福島正則の浪人が数多く放置されているし、正則以前の毛利《もうり》家ゆかりの郷士たちも、古城のふもとに集落をつくって小領国のかたちをとっていた。したがって、勝成が最小限の家臣を率いて領国にのり込んだのは、これら浪人・郷士間に不満が湧きあがるのをおさえるためだった。

譜代の家臣が少なければ、それだけ多く領内から採用できる。民衆の目にも、他国者がのり込んできて頭をおさえつけられるような印象が薄らぐ。

なにしろ家臣の九割以上が当地出身者によって占められるのだから、おらが国ということになる。

福山城の築城が、強引な突貫工事で完成できたのも、民衆の苦労はなみたいていのものではなかったにちがいないが、そうした勝成のたくみな人事によって、自分たちの城をつくるのだという希望によって、かなり緩和されたであろうことも想像にかたくない。

勝成はその人事において、かつて流浪中に世話になった豪族・民衆への恩がえしをすることができた。

嗣子勝俊《かつとし》の母の一族にも高禄をあたえ、あらたに正室には備中《びっちゅう》の三村《みむら》氏の女《むすめ》を迎えた。十万石の大名の正妻としては、異例に微賤《びせん》の出ということになるが、それは領民の信頼を得る最良の方策でもあった。

寛永《かんえい》年間（一六二四〜四四）に入り、参勤交代の制度などが確立され、幕府から各大名に江戸へ人質を差し出すよう通達されたとき、勝成は老中に返事を送り、「自分には人質として差し出すようなものはいない」と答えた。じっさい、勝成の身内には、これといった身分のものがいなかったのである。

しかし、幕府の法が曲げられるはずはなく、かさねてだれかを差し出すようにという要請があり、かつて浪人中に勝俊を産ませた於登久《おとく》の方《かた》を差し出すことになったが、於登久の方は、三村家に寄宿していたときの女中だった。
こうした話を総合すると、勝成は民衆の殿様といった風丰《ふうぼう》が浮かんでくる。

水野から阿部へ

寛永《かんえい》九年（一六三二）、幕府は肥後《ひご》五十四万石、加藤忠広《ただひろ》の改易を決定した。その受城使に任じられたのが勝成《かつなり》だった。加藤家にはかつて九州流浪中につかえたことがあり、先代の清正《きよまさ》の室、清浄院《せいじょういん》は勝成の妹である。

勝成は嗣子勝俊《かつとし》を連れて熊本に向かい、無事任務を果たした。福山帰城にさいし、妹の清浄院を連れ帰り、加藤家の家老加藤道春《みちはる》を福山藩に召しかかえた。この年、勝成は六十八歳であるが、なお矍鑠《かくしやく》たるものであった。よほど頑健《がんけん》な肉体の持ち主であったらしい。

寛永十四年、島原《しまばら》の乱がおきると、幕府は福山藩にも出兵を命じてきた。この年、勝成は七十三歳の高齢に達していたが、「太平無事の世で、もはや目ぼしい出来事もあるまいと思っていたのに、このような奉書が到来するとはかたじけない」と言って喜び、藩の総力をあげて出陣の準備にかかることを命じた。

島原の乱がいかなる戦いであるか、キリシタンへの配慮など微塵《みじん》もないことばであるが、戦いこそ武将の道であった戦国生き残りの勝成にしてみれば、これが最後のご奉公と勇み立つ気持ちをおさえることができなかったのだ。

翌十五年二月、総勢五千六百人の福山藩兵は、軍馬・兵糧《ひょうろう》・武器・弾薬を積んで鞆《とも》の港を出港した。この戦いに、勝成の孫勝貞《かつさだ》も初陣として参加した。

島原の乱が終わって、福山に帰った勝成は、戦死者の大法要と、家臣の論功行賞を行なったのち、家督を勝俊に譲って隠居した。

勝成は参勤交代その他の政務から解放されると、剃髪《ていはつ》して宗休《そうきゅう》と号し、灌漑《かんがい》や干拓、寺院の建立など精力的な活動をつづけ、慶安《けいあん》四年（一六五一）八十八歳で没した。

勝成を祖とする福山城主水野《みずの》家は、二代勝俊・三代勝貞・四代勝種《かつたね》・五代勝岑《かつみね》とつづいて断絶する。

元禄《げんろく》十年（一六九七）、四代勝種が急死したとき、勝岑は生まれて六か月の幼児だった。翌年四月、家督相続のあいさつをするため江戸に向かい、五月四日将軍に拝謁したが、道中、病気にかかっていた勝岑はその翌日死亡した。跡目のない水野家は、武家諸法度《ぶけしょはっと》の定めによってお家断絶となった。

勝成が封じられて八十年の歴史であった。

水野家断絶のあと、三代官による管理の一時期があって、元禄十三年、出羽山《でわやま》形《がた》城主松平忠雅《まつだいらただまさ》が移封された。しかし、忠雅は十二年めの宝永《ほうえい》七年（一七一〇）、伊《い》勢《せ》（三重県）桑名《くわな》に移封された。

そのあとに移ってきたのが、下野《しもつけ》（栃木県）宇都宮《うつのみや》城主阿部正邦《あべまさくに》である。阿部家は徳川譜代《とくがわふだい》のなかで指折りの名門で、家康が今川家の人質となっていた竹千代《たけちよ》時代から随行した阿部正勝《まさかつ》が、徳川の重臣となって以来、老中《ろうじゅう》の家柄である。

一代正邦《まさくに》・二代正福《まさとみ》・三代正右《まさすけ》・四代正倫《まさとも》・五代正精《まさきよ》・六代正寧《まさやす》・七代正弘《まさひろ》・八代正教《まさのり》・九代正方《まさかた》・十代正桓《まさたけ》で明治維新にいたる。

老中の家柄といっても、全部が老中になるわけではない。二代正福は大坂城代、寺社奉行《ぶぎょう》。三代正右は京都所司代《しょしだい》、老中。四代正倫は老中。五代正精は老中。七代正弘は寺社奉行、老中首座。九代正方は京都守護職《しゅごしき》。

以上がそのおもな役職であるが、阿部家が幕閣に重きをなしているさまが歴然としている。なかでも七代正弘の事績が知られている。

正弘は天保《てんぽう》十一年（一八四〇）、寺社奉行、同十三年、水野忠邦《ただくに》失脚後、老中首座になる。そして、嘉永《かえい》六年（一八五三）ペリーの浦賀来航を迎える。

国政の責任者として、正弘に藩政を見るゆとりなどなかったであろう。正弘は幕閣にあって、これまで、朝廷や諸大名の意見を徴せず事を運んでいた幕府独裁の方針を改め、諸大名に意見を求め、人材を登用し、衆知を集めようという方針を打ち出した。

それまで幕府から隠居・謹慎を命じられていた徳川斉昭《なりあき》を海防参与に起用した

のも正弘である。彼はこの難局をのりきるには、幕府の独裁体制をゆるめ、列藩会議のような構成をとるべきだと考えていたようである。

それが、幕府の体制を揺るがす結果となることを承知しながら、そうせざるをえなかったのだ。だが、そうした正弘の開放的な政策は、一時的にせよ、攘夷《じょうい》開港の火をしずめ、開港条約を結ぶことに成功した。

安政《あんせい》四年（一八五七）に正弘が死に、かわって登場した井伊直弼《いいなおすけ》の強硬な開港政策によって、狂乱の時代が訪れてくるが、その種《たね》を播《ま》いたのは正弘だったという見方も成立する。

九代正方にいたって、福山藩は多難な時代を迎える。もっとも、文久《ぶんきゅう》から慶応《けいおう》にかけて、尊王攘夷うず巻くとき、多難は福山藩にかぎったことではなかったが、徳川譜代の大名としての立場から、薩長《さっちょう》の討幕勢力の矢面《やおもて》に立たされることになったからだ。

第一次征長戦は、長州が降《くだ》って事なきをえたが、第二次征長戦は長州の奇兵隊に悩まされ、各地の戦いに敗れて多大の被害をこうむっている。そうした動乱のなかで、正方は結末を見ぬまま、慶応三年（一八六七）福山で死んだ。

正方亡きあと、広島藩主浅《あさ》野《の》長《なが》勲《こと》の弟正桓《まさたけ》が養子に迎えられ、十代の藩主となるが、長州軍の誘いをうけて、慶応四年福山藩は討幕軍に加わることに藩議を決する。

明治二年版籍奉還後、十代藩主正桓が福山藩知事となって、福山藩史は終わりを告げた。

城の魅力

福山藩の歴史は終わっても、福山城は残った。だが、兵営として利用される城をのぞいて、城内の建物は不要となり、民間に払い下げられることになった。福山城も例外ではなかった。

当時、それを公園や公共機関に利用するという考え方はほとんどなかったらしい。封建制の遺物として無用の長物視されたのである。

当時の太政官《だじょうかん》公達による福山城の公入札の価格が残っているが、今日の常識からすればほとんど信じがたい値段である。天守閣や伏見櫓《ふしみやぐら》はとりこわしに費用がかかり、建築用材として採算がとれぬので買い手がつかなかったという。

そのため、のちに国宝に指定された天守閣は事なきをえたが、それも昭和二十年八月の空襲にあい、灰燼《かいじん》に帰してしまった。外観を復元した鉄筋コンクリートの現天守閣が完成したのは、昭和四十一年である。

天守閣の最上階にのぼって回廊に出ると、福山市内が一望のうちに見渡せる。近年、臨海工業都市として発展を遂げた市街にはビルが林立していて、往時のおもかげはないが、この高楼の回廊を徘徊《はいかい》し、それら市街の建物をとり去った昔日の民家の姿を思い浮かべると、城郭の圧倒的な高さ、力強さが感じられてくる。この建物によって、民家は制圧されていたのだという思いが浮かんでくる。この城を築いた民衆は、膨大な労力を奉仕し、その巨大な姿の前に慴伏《しょうふく》した。

と同時に、自分たちが築いた巨大な城を、日夜仰ぎ見て、そこによりどころを感じもしたであろう。

今日復元された城の姿に、わたしたちは郷愁を覚えているが、その郷愁の裏には、長い民衆への抑圧の歴史があったことを忘れがちである。

福山城の正式名称は「鉄覆山《てつぷく》朱雀院《すざく》久松城《ひさまつ》」である。鉄覆山は「敵覆山」に通じ、朱雀は南面の意、久松は「松寿長久」を祈って名づけられたものだという。

また、雅名で葦陽城《いよう》ともよばれている。葦は葦田川《あしだ》、陽は北、葦田川の北の城という意味で、姫路城を白鷺城《しらさぎ》、岡山城を烏城《う》とよぶのと同じである。

石垣の階段をのぼり、現在、国の重要文化財に指定されている筋鉄御門《すじかね》をくぐって本丸に入ると、城壁に沿って老松が立ち並んでいる姿が見える。

いつごろの植樹によるものか、大きく浮き上がった根が通路を走っていて、いかにも久松城の名にふさわしい。

本丸の中心は広場になっていて、一部には池がつくられ、錦鯉《にしきごい》が泳いでいる。古地図によれば、この広場に藩主の住居たる伏見御殿《ごてん》が建っていた。

秀吉の伏見城から移築したのでその名があるが、明治六年（一八七三）太政官公達により民間に払い下げられるまで、その一部が残っていた。そうした建物の行方がどうなったか、いまは知るすべもない。

天守閣はもちろん、月見櫓や鏡櫓や伏見櫓など復元された建物に囲まれて、藩主の住居が建っていた姿を想像すると、今日わたしたちが見る城内とはかなり違ったものであることがわかる。そこはわりあいにこみ入っていて、意外に空地が少ない。

こうした城内に住み、規則ずくめの生活を送っていた藩主の生活というのは、ぜいたく三昧《ざんまい》に見えて、じつはきわめて不自由なものであったことが想像される。その藩主に命をあずけた家士たちの生活も、きわめて不自由なものであったにちがいない。そして彼らに支配された民衆の生活がさらに苦しかったことはいうまでもない。みんなひどい時代を生きて、城をわたしたちに残してくれたのだ。

ほんとうに、この城は美しいのだろうか？　城内を一巡して、ふたたび筋鉄御門を出たとき、わたしはふとそんな感慨をおぼえた。

たしかに、修復された天守閣や櫓は、往時の偉容をよみがえらせている。こんな巨大な建物を木材で組み立てた建築技術には感心させられる。そしてその容姿の端麗さは、美と歴史を語りかけてくる。しかし、その語りかけてくる歴史をふりかえるとき、人間とは奇怪なことをしてきたものだという思いを禁じえないのである。

門を出て石段をおりはじめると、大小さまざまな石を積みかさねた石垣がしだいにせりあがっていく。喘《あえ》ぎながらそれら巨石を動かす無数の人の姿が、その石のひとつひとつにダブってくる。わたしはいそぎ足で階段を下りると、下りたところにある福山駅の構内に入った。

ふりかえって見上げると、城はなにごともなかったようにそこに立っていた。駅の構内には人波が流れ、なにをいそぐのか、せわしげに歩いていく。ひとりとして、なんのために歩いているのかわからない。いったいここはどこだろう？

わたしはふとそんな奇妙な感慨をおぼえた。

いま、城という世界から出てきたことに気づいて、駅の構内のとりとめのない人の動きにとまどったのだとわかったが、なぜかその感慨からしばらく逃れることができなかった。

そして、ふたたび構内の入口に立って、ふしぎな魅力をもつ城の姿をながめた。

熊本城

戸川幸夫

とがわ・ゆきお

1912年~2004年。54年、「高安犬物語」で直木賞受賞。動物文学という新ジャンルを確立させた。

熊本城の歴史

熊本城は日本の三名城のひとつとして知られている。それは江戸城や名古屋城・大坂城のような壮大さがあったからというのではなく、姫路の白鷺《しらさぎ》城のような美しさがあったからでもない。

熊本城は白鷺城とはむしろ正反対の素朴《そぼく》な城であり、江戸城のような壮大さでもなく、むしろこぢんまりとしている。しかし、その佇《たたずま》いは質実剛健。大坂城は家康の攻略にあって落城したが、熊本城はついに不落であった。

この熊本城を築いたのが加藤清正《きよまさ》であったことは有名だ。天正《てんしょう》十五年（一五八七）に九州を平定した秀吉は、翌十六年に清正を入国させている。清正は居城の熊本城を築城するにあたって、彼のながい間の野戦攻城の体験と、異国である朝鮮の晋州《しんしゅう》城を攻略したときの新知識と、大坂城築城に参加したときの経験とを加味し、生かして、できるだけ巨岩を集め、巨木を用いて堅固に築いたといわれている。

この名城は明治まで残っていたが、明治十年（一八七七）の西南の役のときに焼失、いまあるのはその後のものだ。城は焼けたが、それは西郷《さいごう》軍の兵火によって焼けたのではなく、城将谷干城《たにたてき》が城兵の決意をかためるために、みずから火を放って焼いたのだという。とにかく、西郷軍の包囲猛攻のなかにあっても、びくともしなかったのは、さすが清正が築いた名城だけあると賞賛された。

この熊本城ができる以前、この地方に城郭はなかったかというと、そんなことはない。

ちゃちな小城ながらちゃんと存在していた。南北朝のころ、肥前《ひぜん》（佐賀・長崎県）松浦《まつら》党の大島左《さ》京亮《きようのすけ》は南朝方についた隈本《くまもと》城を攻撃したことが、そのころ書かれた『来島《くるしま》文書』に載っているから、きっとその隈本城の城主は、古くからこの地方の土着豪族であった菊池《きくち》氏の一族であったにちがいないと考えられる。しかし、そのことは今日ではよくわからない。

応仁《おうにん》・文明《ぶんめい》の戦国の代になって、隈本に本拠のあった菊池氏の一族、出田秀信《いでたひでのぶ》がはじめて現在の熊本城の東端のところ、坪井《つぼい》川に囲まれた要害の地に城をつくって千葉城と名づけた。今日、NHK熊本放送局のある場所が、そこだとされている。

明応《めいおう》五年（一四九六）、出田氏にかわって鹿子木親員《かのこぎちかかず》が城主となった。親員は飽田《あきた》・託麻《たくま》・山本・玉名の四郡のほとんどを領地としていたが、それまでの隈本城ではせまいので、現城跡の西南麓《ろく》に新しく隈本城を築いた。今日、県立第一高校があるところがそうだといわれる。

さらに十六世紀に入ると、豊後《ぶんご》（大分県）に勢力を張っていた大友《おおとも》一族の侵略が肥後《ひご》（熊本県）に及んで、鹿子木一族は追われ、隈本城には城親冬《じょうちかふゆ》が入城した。

信長から秀吉へと中央で天下統一の覇業《はぎょう》がなされているころ、まだその力の及ばない九州では豊後《ぶんご》の大友氏、薩摩《さつま》（鹿児島県）の島津《しまづ》氏、肥前（佐賀県）の竜造寺《りゅうぞうじ》氏の三氏が三大勢力として鼎立《ていりつ》し、その間にはさまれた九州各地の豪族たちは、そのいずれかについて身の安全をはかるようにしていた。

そのころ、肥後で古くからの豪族といえば菊池と阿蘇《あそ》の両氏であったが、鎌倉時代に球磨《くま》郡に下向してきた相良《さがら》氏が一枚加わって三ツ巴《どもえ》となって勢力争いをしていた。

天文《てんぶん》二十年（一五五一）、機をうかがっていた大友氏は肥後に侵入してこれを平定したが、天正に入ってこんどは竜造寺氏が南下し、肥後に進出。しかし竜造寺氏は天正十二年、島原で島津・有馬《ありま》の連合軍に敗れたことから、肥後の豪族の大部分は竜造寺氏に見きりをつけて、島津氏になびいた。

九州の大半を征服した島津義久《よしひさ》は勢いに乗じて、最後に敵として残った大友義《よし》鎮《しげ》（宗麟《そうりん》）を攻め、豊後国の半ばを攻略した。そこで義鎮は秀吉にたすけを求めた。

中央の統一をほぼ成し遂げていた秀吉に、残された仕事といえば、関東の北《ほう》条《じょう》氏と九州の島津氏を征服することだけだったから、秀吉は義鎮の願いを入れ、天正十五年三月、みずから十二万の大軍を率いて九州に入り、あわてずいそがず、手がたく一歩一歩と軍を進めた。

秀吉は義鎮の請いによりたすけにきたと称したが、もちろん秀吉の本心ではない。この口実で、島津はおろか、九州全部を征服するつもりだったから、豊前《ぶぜん》（福岡県）小倉《こくら》に入り、筑前《ちくぜん》・筑後《ちくご》（ともに福岡県）を経て、肥後の北の関門、南関に入ると子飼いの将堀尾吉晴《ほりおよしはる》をそこの守将として配置し、隈本に入ると浅野長政《あさのながまさ》を置くというふうに、行く先々の要衝の地に股肱《ここう》の武将をとどめて、その辺一帯をがっちりとおさえさせた。宇土《うと》城には加藤清正、御船《みふね》城には黒田孝高《よしたか》、隈庄城には岡本太郎右衛門と、手がたく一歩一歩と島津に迫った。秀吉の軍容のすばらしさ、その攻略の手がたさに、九州の豪族たちはきそって秀吉を迎え、その手について働くことを誓った。

島津側は、各地に出していた軍勢をよびもどして国境をかため、長期戦にもち込んで、秀吉の軍が遠征に疲れたところをいっきょに攻撃しようと考えていたが、このように手がたくびしりびしりと布石し、じりじりと隙《すき》なく迫られたのでは手が出せない。それにいままでは自分についていた豪族たちが、こんどは秀吉について攻めてきている。人心の離反も恐ろしい。義久は先の見える男だったから、この戦は敗れると知ると五月八日、出水《いずみ》の秀吉の本陣に降伏を申し出た。降伏によって領土と家臣の安泰をはかろうというのであった。秀吉はこのとき義久が剃《てい》髪《はつ》して隠居し、家督は弟義弘《よしひろ》に譲ることを条件として、日・薩・隅三州の領地はもとどおり所領してよい、という寛大な処置で許した。

秀吉は肥後を去る六月二日、佐々成政《さっさなりまさ》をよんで肥後の国主に任命した。佐々は尾張《おわり》(愛知県)春日井《かすがい》郡出身の武将で、はじめ信長につかえ、信長の死後は信雄《のぶかつ》(信長の二男)を擁して秀吉に反抗していたが、のちに降伏して秀吉の家来になった男である。だから加藤清正だの小西行長《こにしゆきなが》のような根っからの腹心ではなく、外様《とざま》大名であった。したがっていつまた反抗するかわからない、と秀吉は気を許していなかった。

その成政をなぜ引き揚げて肥後の国主にしたかというと、秀吉一流の狡《ずる》い計算があったように思える。秀吉にかぎらず、家康でもそうだったが、外様大名は潰《つぶ》すか、勢力を削減するという政策をしきりと行なっている。降参して家来になったものを、罪科なくしては懲罰できないのでなにかの仕事をあたえ、それに失敗したり、自分の命令に従わないと罰する、というやり方である。この場合がそうだった。肥後一国の太守に起用するというのはたいへんな抜擢《ばってき》で、栄誉をあたえたような印象を外に対してはあたえる。

しかし、肥後内部の国情をみれば、これはたいへんな難題を吹きかけたことになる。それというのは、秀吉が九州平定に乗り出したころの肥後は、守護職《しゅご》だった菊池氏はすでに滅亡しており、阿蘇氏も南北朝の争い以来衰弱していたので、それまで両氏に従っていた土豪たちが力を得て、それぞれ独立し、国侍《くにざむらい》と称して、肥後の各地に蟠踞《ばんきょ》し、勢力を張っていた。こういった国侍が五十二人もいたのである。

秀吉がのり込んでくると、彼らは秀吉軍の偉容におどろき、きそってその軍門に馳《は》せ参じ、島津征伐の先鋒《せんぽう》たらんことを願った。

彼らは、九州平定ののち、その働きによって秀吉から、領地をいままでどおり、所有してよい、つまり所領安堵《あんど》の約束をあたえられた。

こういったところへ国主として送り込まれたのだから、成政のほうからいえば、絵にかいた餅《もち》をもらったのと同様で、領地のほとんどは五十二人の国侍が所有していて、自分の自由になるところはほんのすこししかない。

さらに秀吉は成政が国主に就任すると、

一、三年間検地をしてはならない。

一、五十二人の国侍の所領地を没収してはならない。

一、百姓等をいじめないこと。

一、一揆《いっき》をおこさせないようにすること。

といった条件をつけた。成政は越中《えっちゅう》（富山県）外山の城主だったが、肥後に入国してきたものの、五十二人の国侍が各自領地をもっていて、それに手をつけられないから、新しい耕地を求めなければならなくなった。そのために検地をしようとすると、それは三年間はしてはならぬという。これでは自分の家来たちに知行《ちぎょう》地をあたえることができない。成政は困ってしまった。そのあげく、やむをえず命令に反して検地を断行した。国侍とかたく結びついていた百姓は、検地反対の一揆をおこし、百姓をたすけて、国侍たちも反乱をおこした。そしてその反乱は肥後一円に及んだ。

これこそ秀吉がねらっていたところである。彼は福岡の黒田、小倉の毛利《もうり》、薩摩の島津に出兵を命じて、反乱を鎮圧し、反乱に加わった国侍たちを一族残らず斬首《ざんしゅ》の刑に処したが、同時に内政よろしからずとして成政には切腹を命じた。つまり喧嘩《けんか》両成敗のかたちをとって双方をいっきょに片づけてしまったのである。

そうした地ならしがすっかり終わったところで腹心の加藤と小西を送り込んで、肥後をかためた。

清正はこうして秀吉から飽田・託麻・山本・合志《ごうし》・菊池・山鹿《やまが》・玉名・阿蘇・芦北《あしきた》の九郡二十五万石をあたえられ、隈本城を本拠と定めた。時に天正六年六月のことである。

清正の築城

佐々成政《さっさなりまさ》に対しては三年間の検地を認めなかった秀吉が、加藤・小西の腹心を配置して九州にかける秀吉政権の安定をみると、こんどは逆に検地するように命じている。検地とは豊臣・徳川政権下で行なわれた農地測量で、農民の田畑を測量して段別・品位・収穫石高を決め、税を取りたてることである。国侍《くにざむらい》の一揆《いっき》を鎮圧した以上、これに反対するものはなかった。そうしておいて秀吉はつぎに刀狩《かたなが》りを命じた。これは肥後《ひご》だけでなく、全国的に行なったもので、これによって中世以来混然としていた武士と農民との身分をはっきりと分離し、農民を武士の支配下に置こうとするものであった。

秀吉が天下の号令者の居城にふさわしい城として、大坂城の築城を思い立ったとき、清正《きよまさ》に築城見廻り役を命じた。これは築城のための準備や普請《ふしん》状況をいちいち秀吉に報告する役である。秀吉は清正がりこうで、豪胆《ごうたん》で、将来将器として大成するであろうと見込んだので、元亀《げんき》元年（一五七〇）清正が九歳のときに引きとって、軍学・兵法・武術などをきびしく仕込んだといわれる。それだけにわが子のように可愛《かわい》かったにちがいない。大坂城の普請は天正《てんしょう》十一年（一五八三）の九月にはじめられたが、人夫六万人を動員し、二十か国より巨岩・巨木などを運んで日夜つづけられた。諸将も秀吉の目にとまろうと争って工事にあたったので、工事はおどろくほどの速さではかどり、十一月にはもう住めるほどになっていたという。

大坂城築城で、城づくりの非凡な才能を買われた清正は、天正十九年の九月には、こんどは総監督として肥前名護屋《ひぜんなごや》城の築城にあたった。この城はいうまでもなく、秀吉が行なった文禄《ぶんろく》・慶長《けいちょう》の役の大本営にあたるもので、秀吉はこの城に拠《よ》って朝鮮出征軍を指揮、督戦した。この名護屋城が完成するまでには五か月を要したが、五層七重の天守閣と本丸・二の丸・三の丸・山里丸のほか大小の曲輪《くるわ》十一、十六の櫓《やぐら》、書院・数寄屋・楼門・茶室などがそろっていて、秀吉を満足させた。このことで清正はたんなる一武将だけでなく、兵法家で築城家としてもすぐれていることを天下に示した。

築城が終わると、清正は朝鮮に出陣した。彼は七か月にわたって戦い、また築城などもしている。

蔚山《うるさん》では城を普請中に明《みん》の大軍に包囲攻撃されて、あやうかったこともあった。こういった外国人相手の戦闘によって、清正は日本の城の短所も知った。やがて秀吉の死によって文禄・慶長の役は終焉《しゅうえん》を告げた。

慶長五年(一六〇〇)、家康と三成《みつなり》の政権を争う天下分け目の関ヶ原の合戦がはじまった。秀吉から肥後国をわけあたえられていた子飼いの将、清正と行長《ゆきなが》はこのとき分裂した。文治派の行長は三成側につき、武断派の清正は家康についたからで、このために九州の諸大名はあるいは三成方に、あるいは家康側について戦った。関ヶ原で激戦が行なわれているとき、九州でも清正は三成側の諸大名と戦っていた。清正は鍋島《なべしま》・黒田と連合して薩摩《さつま》の島津を攻めたが、関ヶ原で三成側が大敗を喫したことで、島津は降伏したので肥後に凱旋《がいせん》した。

清正が徳川方についたのは見とおしがよかったということになる。石田方についた小西が滅亡し、その旧領は家康から清正にあたえられた。清正は相良《さがら》領の球磨《くま》郡をのぞく肥後一円の五十二万石の太守とふくれ上がったのである。

そこで彼は家康の許しを得て熊本城をつくることになった。従来の隈本《くまもと》城は手ぜまのうえ、防衛力も弱くて、清正の気に入らなかったからだ。

熊本城が着工されたのは関ヶ原の合戦の翌年の慶長六年とも、三年あるいは四年ともいわれている。落成した年ははっきりしていて、慶長十二年だから、完成までに六年から九年ぐらいかかっているわけで、清正はこれを難攻不落の城にするために、彼が身につけた築城術の全力を傾け、とくに石垣づくりに心血をそそいだという。完成した城は隈本城の背後にあった茶臼《ちやうす》山の台地で、そこは白川・坪《つぼ》井《い》川・井芹《いぜり》川にとりまかれた要害の地だった。

清正はこの城が完成した年に隈本を熊本と改めた、と伝えられている。隈という字は「怯《おびえる》」を意味するので不吉だとして、猛獣の熊の字をあてたといわれているが、真否のほどは不明である。

熊本城に落ち着くと清正は、治水・土木工事に精を出し、城下町の建設にとり組んだ。熊本平野を貫流する白川を導いて外濠《そとぼり》として、この川には長六橋ひとつだけしか架《か》けず、他の往来は渡し舟によってなさしめた。これは薩摩の島津勢の侵入に対する防御であった。清正はすでに熊本に侵入してくるものは薩摩であるとみて、その対応策を立てていたのだ。加藤氏のあとをうけて、熊本藩主となった細川氏も白川には橋を架けなかったから、幕末にいたるまで、この川には長六橋しか架かっていなかった。

前にも述べたように、外様《とざま》大名の勢力はなるべく削減して、できるだけとり潰《つぶ》し、親藩なり譜代の臣なりにとってかわらせ、自己の政権をながく保ってゆこうとするのは、豊臣にしても徳川にしても同じだった。

清正は関ヶ原の合戦のときに徳川氏についておおいに働いた功臣であったが、清正が慶長十六年六月に没し、嗣子忠広《ただひろ》がその家督を継ぐと、幕府の加藤家とり潰しの目が光りだした。なんといっても加藤家は秀吉恩顧の大名であり、遠く九州の中心勢力である。そこで加藤家を潰して、安心できる腹心の大名を入れる必要があった。

当時としては、いったん幕府からにらまれてはもう逃げることはできない。忠広が三代将軍家光《いえみつ》の弟の忠長《ただなが》と親しかったことが禍根となった。忠長は両親の秀《ひで》忠夫《ただ》妻から寵愛《ちようあい》されていて、秀忠としては兄の家光を排して忠長に三代将軍を継がせようと考えていた。それを春日局《かすがのつぼね》が大御所の家康に訴え出て、家光は将軍と決まり、忠長は駿府《すんぷ》（静岡県）に封じられ、駿河大納言《するがだいなごん》とよばれた。おもしろくない忠長は将軍の命にも服せず、粗暴な言動がつづいたので、寛永《かんえい》九年（一六三二）に切腹させられた。

その年の正月に秀忠が死んだ。すると江戸にいる諸大名のところに怪文書が回ってきた。差出人は老中の土井利勝《どいとしかつ》で、内容は家光を殺して忠長を将軍職に据《す》えようというものだった。これを見てびっくりした伊達政宗《だてまさむね》や藤堂高虎《とうどうたかとら》、その他在京の大名はあわてて幕府に届け出た。ところが忠広は熊本にいてこれを知らなかった。土井利勝が出したという怪文書は、まったくの偽物と判明したので、いったい、なにものがこのようなことをしたであろうとの詮索《せんさく》がなされ、忠長と親しい忠広父子に疑いがかかった。

その結果、忠広は出羽《でわ》（山形県）庄内《しょうない》に流罪《るざい》となり、その子光正《みつまさ》は自殺、ここに加藤家は滅びた。もちろんこれは、加藤家潰しのために土井と家光との間でつくられた陰謀だったといわれている。

こうして清正が心血をつくして築きあげた熊本城に入ったのが、小倉《こくら》三十六万石の領主細川忠利《ただとし》であった。それ以来、明治四年（一八七一）の廃藩置県まで二百四十年間、肥後の大半は細川氏の領地となっていた。

熊本城の攻防

清正《きよまさ》が心血をそそいだ名城も、明治にいたるまではこれといった真価を発揮しなかった。明治十年（一八七七）、西南の役が勃発《ぼっぱつ》して西郷《さいごう》軍が殺到するに及んで、清正の築城の確かさが証明されたのである。

明治十年二月十五日は、鹿児島県地方は五十年ぶりといわれた大雪に見舞われた。そのなかを篠原国幹《しのはらくにもと》の率いる一番大隊と村田新八《むらたしんぱち》の二番大隊とが旧練兵場を出発、一番大隊は西目街道、二番大隊は東目街道を通り、それぞれ市来《いちき》港・加治木《かじき》に達した。別府晋介《べっぷしんすけ》の率いる前衛隊はこの日早朝、加治木を発して横川まで進んだ。

翌十六日には永山弥一郎《ながやまやいちろう》の三番大隊、桐野利秋《きりのとしあき》の四番大隊。十七日には池上四郎の五番大隊と砲隊が出発し、西郷は桐野・村田とともに砲隊について東目街道を進んだ。雪は連日降りやまず、大口筋の山道に達したころは積雪は腰を没するというありさまで、この豪雪のなかを大砲を引っぱってゆくのだからたいへんな苦労であったろう。途中、病を発して頓死《とんし》するものさえあったという。

西南戦争といえば鹿児島県人はあげて西郷軍に投じ、協力したように思われているが、そうではない。鹿児島県士族の市木《いちき》四郎はその日記に、

「西郷党ことごとく出発して世上おおいに鎮静せり。わが輩《はい》のごときこの挙

に関係せず、局外中立の身は泰然として雪見の酒ども催して、歌ども詠じたり。世はさまざまのものなり。積雪に苦しんで出陣する人もあり、雪を眺《なが》めて酒を楽しむものもあり。このたびの挙はまったく西郷党の私挙なれば傍観する人多し。中にも久光《ひさみつ》公旧知事公は、もっとも御関係なし」

と記している。冷ややかに西郷党の挙兵を批判していた鹿児島県士族も多かったのである。

西郷は維新の英傑にはちがいないが、このころの彼はかなりぼけていたと思える。私学校の生徒たちにかつがれて、その軽挙をおさえられなかったということもそのひとつだが、このくらいのことは、おれが出馬すれば簡単にできるのだという思い上がりがあった。彼は言った。

「熊本はたちまち城門を開いて降るべし。熊本に根拠して九州を風靡《ふうび》せしめ、直ちに広島を衝《つ》き、大阪を破り、海陵から東上、一戦もまじえずして入京、東京で花見が出来うべし」

と。『東京日日新聞』の報ずるところである。

桐野も、

「鎮台兵たとえ百万の軍隊をもって対抗すとも、とるに足らぬ農兵、一蹴《いっしゅう》して通過するのみ」

と豪語し、熊本城内には参謀長の樺山資紀《かばやますけのり》をはじめ鹿児島県士族が多いし、それらはほとんど西郷の世話になっている連中だから、出迎えるようにして薩《さつ》軍に合流するであろう、と甘く考えていた。熊本城の武器・弾薬を分捕って進軍すればいいと計算もしていた。

熊本県内に入って三太郎峠にさしかかったとき斥候《せっこう》がもどってきて、峠には一兵の姿も見えませんと報告すると、西郷は手を打って喜び、

「熊本鎮台の技倆《ぎりょう》もわかり申した。この険さえ越せば九州一円は風を臨んでわが軍門に降り申そう」

二月十九日、熊本隊の首領池辺吉十郎《いけべきちじゅうろう》は先鋒《せんぽう》として小川町にのり込んできた別府晋介を訪ねて、

「熊本城の城将谷干城《たにたてき》は知謀の将で、士官兵卒にいたるまで平常と異ならず、沈

着に行動しています。兵糧《ひょうろう》も貯蔵し、地雷を配置し、籠城《ろうじょう》の決意のかたさがわかります。あなどってはいけませんぞ」

と注意した。そして、

「この城をどのように攻めるつもりですか」

とたずねると、別府は、

「ただ一蹴するのみ。別に方略などごわせん」

と笑った。

西郷はじめ薩軍のおもだった連中には、鳥羽《とば》・伏見《ふしみ》で幕軍を破り江戸に攻めのぼったときの快感が忘れられず、これだけの薩南健児が行動すれば、さえぎうるものはないと過信していた。そういった独りよがりの無計画さが、一万三千近い精兵の強襲をもってしても、わずか三千四百余の鎮台兵を破ることができなかったのである。

さて、薩軍が熊本に向かって進撃を開始したとの情報を得た熊本城では緊張した。このとき、城を守るのは、熊本鎮台司令長官谷干城少将以下、参謀長樺山資紀中佐・同副長児玉《こだま》源太郎中佐、それに参謀本部から派遣されていた川上操六《そうろく》少佐などで、兵力は鎮台本営の兵が百四十六名、第十三連隊第一大隊・第二大隊の兵千九百四名、砲兵第六大隊二百三十名、予備砲兵第三大隊九十八名、工兵第六小隊百六名、合計二千四百八十四名。

そこへ薩軍が押し寄せる直前の二月十九日に、小倉《こくら》から歩兵第十四連隊第一大隊の半分三百三十一名が、また翌二十日には少警視綿貫吉直《わたぬききよしなお》の率いる警視隊六百名が駆けつけたので、三千四百十五名になっていた。武器としてはスナイドル銃に野砲六門、山砲十三門、臼《きゅう》砲七門だった。

これに対して押し寄せた薩軍は兵力一万二千八百五十名、山砲三十門、臼砲三十門、武器においても、兵力においても圧倒的に薩摩がすぐれていた。したがって、この薩軍を五十二日にわたって釘《くぎ》づけにして、一歩も城内に入れなかった城兵の功績はおおいに賞賛されてよい。

もちろん城将谷少将以下の名指揮と城兵の闘志・奮闘によるものであろうが、清正がこの日のことを考えて堅固に築いていた熊本城が、名城としての真価を発揮したことを考えねばなるまい。

谷長官は軍議をひらいて、籠城策をとることを言い渡した。相手は名にしおう薩南健児の猛兵ぞろいである。こちらは訓練をうけたとはいえ、農民出身の兵が多い。百姓・町人出のものは武士に対して、白刃を交えてはとうてい勝てないという先入観がある。前の年におこった熊本神風連《じんぷうれん》の変でも、鎮台兵に多くの死傷者を出している。押し寄せる薩軍に対して、こちらから迎撃してゆけば、神風連の二の舞を踏むことは必定であろう。しかし、彼らも城壁のなかにあって、鉄砲で射撃するのであれば互角に戦える、と考えたからである。

籠城と決すると谷長官は、対策として交通路を遮断《しゃだん》し、要所に土塁を築かせ、地雷を埋め、また射撃のじゃまになる民家をとりこわし、樹木を伐《き》らせた。

二月十八日、西郷と行動をともにしている鹿児島県令大山綱良《けんれいおおやまつなよし》の使者が熊本城にやってきて、樺山参謀長に面会し、

「今般、西郷大将は政府に訊問《じんもん》の筋ありとて兵を連れて貴下の鎮台下を通ります。さよう御承知ありたい」

と言った。軍隊を通過させるから手向かいせず黙認せよ。さもないと押し潰《つぶ》して通るぞ、という申し入れだ。樺山参謀長は答えた。

「いかに西郷大将といえどもいまは非職の一私人である。それが政府訊問と称し、武装した兵を率いて通過するとはおだやかでない。これは国法の許すところではないからおことわりする」

その翌十九日、昼すこしまえ、突如として天守閣が燃えはじめた。火は西南の風にあおられて炎上し、火の粉は城下町へと飛び、藪《やぶ》ノ内《うち》・坪井《つぼい》の民家に燃え移り、それが通町から千反畑・水道町・安巳橋から高田原方面、また上林・内坪井・寺原・立町方面へと燃えひろがり、また山崎・塩屋・細工・新町・原町は鎮台兵が出て、戦略上焼き払ったから、熊本城下は一面の焼け野原と化した。この天守閣炎上の原因は、いちおう失火ということになっているが、じつは谷長官が城下に決意をかためさせるために放火させたものといわれている。つまり谷長官は焦土《しょうど》戦術をもって、寒気きびしい熊本城下に薩軍を迎え撃とうとしたのであった。

西郷は二十二日に熊本から南二里（約八キロ）の川尻町《かわじり》に到着した。見ると熊本城方面に黒煙が立ち込め、炎々と燃えているようす。彼は部下に、

「あれは先鋒隊の攻撃で焼けとるのか？」

とたずねた。部下が、「鎮台兵が火をかけたものです」と答えると、西郷は愕然《がくぜん》としてしばらく黙っていたが、

「もはやこれまでなり。そもそもわが考えにては一戦をなさずして東京に至らんこと容易なりと思いしに、あにはからんや熊本鎮台がみずから城下を焼かんとは……。しからば政府はすでに開戦と決定せしこととみえたり。すでに開戦と決すれば、これまでのわが軍隊組織にてはともに鋒《ほこさき》を交うることは思いもよらず。すみやかに隊伍《たいご》を組み直さん」

と言った、と『東京曙《あけぼの》新聞』は報じている。

この朝、本庄《ほんじょう》村に達した薩軍に対して、下馬橋を守っていた鎮台の砲兵がまず砲撃を開始し、つづいて飯田丸・千葉城の砲兵も火ぶたを切った。これが西南戦争の幕あきだった。

池上四郎の薩軍五番大隊は白川を渡り、京町台に上がり、加藤神社の石垣を楯《たて》にして城兵と対峙《たいじ》。他の諸隊は安巳橋に進出して、そこを守っていた城兵を撃退し、猛火をおかして上通町から花畑町に展開し、千葉城・厩《うまや》橋・下馬橋の城兵を攻撃。桐野利秋の正面軍は旧県庁付近の守兵を攻撃、篠原国幹の率いる背面軍は熊本城の弱点と思われる西部から進撃して花岡山《はなおかやま》に進出し、藤崎台および段山を攻めた。別府隊は法華《ほっけ》坂から前進した。

攻めるほうも強烈だったが、城兵もよく応戦した。篠原隊・村田隊の一部はなんどか城壁にとりつき、城内へ突入しようとしたが、城兵の拳下《こぶしさ》がりの猛射に攻撃は失敗した。この日の戦闘で鎮台側は第十三連隊長与倉知実中佐が戦死し、樺山参謀長が負傷したが、薩軍が農民兵とばかにした鎮台兵はよく戦い薩軍を撃退した。翌二十三日も薩軍は強襲につぐ強襲を加えたが、さすがに名城の熊本城はびくともしなかった。そこで西郷軍は、このまま強襲を続行すべきか、それとも包囲して兵糧《ひょうろう》攻めにするかのどちらかを決めなければならなくなり、市外本庄の田添宅に設けた本営で、その夜最高作戦会議をひらいた。

篠原は、ぐずぐずしていたら援軍がやってきて上京の機を失うから、この際、たとえ兵力の半分を失うとも、いっきょに強襲して落城させるべきだと主張した。これに対して、二十二日夜やってきた西郷小兵衛は、それは上策ではない。一部兵力をもって城を囲ませておいて、主力は来援する鎮台軍を破り、福岡・佐賀・長崎の不満分子も糾合《きゅうごう》し勢力を回復させ、長崎・小倉をおさえたら、たとえ熊本城は落ちなくとも戦力はなくなり、九州一円はわが有に帰する。そして海内われに呼応するようになる、と説いた。

池上は西郷小兵衛に賛成したが、篠原は自説を固執《こしつ》して聞かない。大激論になったが、どちらも自説をまげないので西郷隆盛が決を下すことになった。西郷は両者の板ばさみになって弱ったあげく、強襲はやめるが、前進もしない。長囲して熊本城側の降伏を待つといった折衷案をとった。こういった場合の作戦としては、もっとも拙劣な下策である。西郷が部下たちの意志に引きずり回されていたことが、この一事でもわかる。

この策が決定すると西郷は、池上四郎の隊を熊本にとどめ、桐野隊を山鹿に、篠原隊を田原坂に、村田・別府隊を木留方面に配置した。したがってこの日から、激戦は熊本城救援に南下してきた鎮台兵との間に移行し、熊本城方面は小競《こぜ》り合い程度になった。

救援鎮台の先鋒部隊は乃木希典《のぎまれすけ》少佐の率いる小倉第十四連隊で、約五百名。これに激突したのが薩軍五番大隊で、戦闘は植木において開始された。乃木が連隊旗を奪われたのもこのときの戦闘であった。

植木・高瀬・田原坂と激戦がくり返されて、薩軍のほうにも死傷者が激増してきた。それを補充するために包囲軍から兵力を割《さ》かねばならなくなった。しかし、兵力を減らせば、城兵の反撃が考えられる。そこで西郷は熊本隊の弓削新の進言をいれて、熊本城を水攻めにすることにした。こうすれば城兵を出撃できなくなり、包囲軍の兵力を田原坂方面へ出せるし、城兵も苦しむという一石二鳥の案だった。西郷は春日《かすが》の石塘《せきとう》口を堰《せ》きとめて坪井《つぼい》川・井芹《いぜり》川の川水を逆流させ、それに白川の上流の瀬田の堰からも水を大津に流し込んだので一面水びたしになり、城中の食糧は日に日に乏しくなった。こうして三月は終わり四月となった。

四月に入ってから奥少佐の率いる突破隊が組織され、城中から打って出て救援軍に合流したが、城中の困難はいっこうに減らなかった。

城兵はしかしよく耐えた。そして四月十四日、薩軍は急に囲みを解いて潮《うしお》の引くように引き揚げていった。

十三日、川尻《かわじり》に進出していた鎮台軍が背後を脅《おびや》かしたので、桐野は西郷にすすめて本営を木山に後退させることにしたからだった。

こうして五十二日間にわたった熊本城の攻防戦は終わり、薩軍は総崩れとなってゆくのであった。

首里城

大城立裕

おおしろ・たつひろ

1925年〜。67年、「カクテル・パーティー」で芥川賞受賞。ほかに「日の果てから」「レールの向こう」など。

三人の雄

「座喜味《ざきみ》城の護佐丸《ごさまる》！」

という敵愾心《てきがいしん》が、国王尚泰久《しょうたいきゅう》の胸から消えたことはなかった。一四五四年に国王に就任するまえ、越来《ごえく》の城主であったころからだ。

国王、というけれども、当時の琉球《りゅうきゅう》での慣例にしたがえば、「中山《ちゅうざん》の世の主」と称するのが正しい。沖縄島に、中山をはさんで南山・北山とある。この対立抗争がおよそ百年。泰久の父、尚巴志《しょうはし》がようやく北山を、ついで南山を武力で滅ぼして、いわゆる「三山統一」をなし遂げたのが、一四二九年であった。日本では室町幕府、足利《あしかが》将軍のころだ。

三山の対立抗争とは、ひとつの見方をすれば貿易権の争奪戦であった。そのころの世の主たちは、それぞれに明《みん》国や東南アジアや朝鮮と交易をしていた。尚巴志は、もと島の南東にあたる佐敷《さしき》に育ったひとりの按司《あじ》（豪族）にすぎなかったが、ここには馬天《ばてん》という良港があって、貿易の利をたくわえることができた。それに軍事の天才をそなえていた。やがて中山の世の主として、父の尚思紹を据《す》えた。そこで明国に貢《みつ》ぎ物《もの》を献じて明の皇帝から尚姓を賜わった。第一尚氏のはじめである。

中山、首里《しゆり》城の創建はこの前後のことと思われ、明らかではないが、とにかく規模はいちばん大きい。三山統一の覇者《はしや》となるにふさわしかった。が、このころすでに、読谷山《よんたんざん》地方の座喜味には按司の護佐丸がにらみをきかしていた。護佐丸の娘が尚巴志の妻とも尚泰久の妻ともいうが、泰久の妻としたほうが、わかりよい。つまりは政略結婚にちがいないのだが、のちに泰久は護佐丸を討つのであるから、その際、血のつながった祖父を討つというのは、戦国とはいえいかにも酷《むご》すぎる。岳父《がくふ》としておこう。

三山統一はなし遂げたものの、地方の情勢はまだ不穏であった。なかでも、六代目尚泰久の代になって気をつかったのは、首里城から北の方である。はるか北の今帰仁《なきじん》にある北山に、父王の尚巴志はその子の尚忠《しょうちゅう》をおいて、血族連帯による安全をはかった。それはまずよい。その北山と首里城との間に、西の座喜味、東の勝連《かつれん》とあるのだ。ことに西の座喜味の護佐丸は、これも尚巴志に劣らず軍事の才にたけていた。

護佐丸の強みは、座喜味の近くに長浜港をひかえていることだ。日本や中国との貿易を、ここで行なった。とくに日本から来る貿易船は、山の近くの運天《うんてん》港のつぎは、この長浜港に寄る。首里城近くの那覇《なは》港までとどかないことがあった。これが中山、首里城の尚泰久にとっては、目の上のコブにならざるをえない。軍事上の危険に加えて、貿易上の不利があった。

越来城主であったころに護佐丸の娘を請うて妻にしたが、国王に任ずるとまもなく、護佐丸にすすめて居城を東海岸の中城《なかぐすく》に移らしめた。東海岸にも日本からの貿易船がやってくる。護佐丸が中城に城を築いてからのことかどうか、そのすぐ下の八木港（現在、中城村字屋宜《やぎ》）に鎌倉から武具・甲冑《かっちゅう》が陸あげされたと、古謡叙事詩「オモロ」にある。ただ、東海岸は中城城の独占するところとはならない。

その北に勝連城がある。貿易船は古来、むしろ勝連を栄えしめた形跡がある。護佐丸の悲劇はここにはじまる。彼は老いていた。距離でいえば、首里城と勝連城のほぼ中間、線を引けば一直線上にある。

護佐丸の中城移駐より先のことかあとのことかわからないが、勝連の按司に阿麻和利《あまわり》とよばれる人物がのぼった。伝説的な男で、もと西海岸の北谷《ちゃたん》、屋良《やら》村に生まれた百姓だが、単身勝連にやってきて、城外の百姓どもを手なずけながら、そこの茂知月《もちづき》按司を弑《しい》し、按司の位を奪いとった、という。これから述べる戦国合戦のおかげで、史上ながい間逆賊とされてきたが、土地に残る古謡「オモロ」ではまさに名君としてあがめられている。

尚泰久という人物は複雑な性格の持ち主であったと思われる。首里城周辺に寺院の建造と梵鐘《ぼんしょう》の鋳造を数多くなし、朝夕諸僧に「昇平の治」(天下泰平)を祈らせた。有名なのは、一四五八年に首里城正殿にかけた梵鐘の銘だ。「琉球国は南海の勝地にして……」とはじまり、貿易による繁栄を謳歌《おうか》している。この年しかし、この物語の凄惨《せいさん》なドラマは、梵鐘の鋳造と同時進行している。尚泰久としては、すべてが国家安泰の手段であった。姻戚《いんせき》関係をすべて悪用して強者相討たしめ、そしていっぽうでは仏に祈る。

戦国の世の人がもった「平和」のイメージとは、そういうものであったらしい。

政略結婚

尚泰久《しょうたいきゅう》は護佐丸《ごさまる》に、阿麻和利《あまわり》の監視をよろしく、とたえずささやいたことであろう。護佐丸にも野心がなかったとはいえまいが、尚泰久のほうが一歩先んじていた。護佐丸は武備を強めていった。表向き中山《ちゅうざん》の前衛の守りとして、しかし内心は自分のためであったろう。

護佐丸の軍事の才については、その築城術でみることができる。一八五三年にペリー艦隊が来たとき、その城の構えを見取り図にとっていっている。名城というものである。太平洋を眼下に見おろし、北東に勝連城《かつれん》がかすんで見える。勝連城――に立てば、阿麻和利ならずとも天下を取りたくなろう。その野望のイメージをたくわえるに、これ以上の城はどこにもない。与勝《よかつ》半島として突き出たところに、その冠をなしているのである。北にも南にも、いくつかの地方を一望のうちにおさめることができる。その眺望《ちょうぼう》のなかで、中城城《なかぐすく》はあたかも、かつて尚泰久が座喜味《ざきみ》城に対していだいていたような憎い存在として、たえず彼の神経を逆撫《さかな》でしていた。彼の才知のなかで、中城城の護佐丸はふたつの意味をもっている。ひとつは、首里《しゅり》中山へ攻めのぼるときのじゃま者である。もうひとつは、いつか首里の代理として勝連をおさえにかかるかもしれない、ハブのごとき存在である。いつかこれを、先手をうって攻め滅ぼしたいものである――彼も武備をおこたらなかった。

そこへ降って湧《わ》いたように、事は展開した。国王尚泰久が阿麻和利を召して、王女、百登踏揚《ももとふみあがり》を嫁にもらえといったのである。一瞬、阿麻和利も思案せざるをえなかった。尚泰久が護佐丸の息女を王妃にしていることを、思いくらべたのである。いずれ、こんども政略結婚であるにはちがいない。国王はなにをねらっているのか。しかし、ながい思案は許されなかった。政略結婚であればこそ、ここで思案をながくしては、国王からなにかをつけ込まれることになる。

「ありがたく……」

お請けしたうえで、考えた。こうなったら、この立場を手前にひきつけて活用するほかはない。ぜひ、そうしてやる。

「ついては……」

と、尚泰久は条件をつけ加えた。大城賢雄《うふぐしくけんゆう》を花嫁の付人として勝連へ派遣する、というのである。これも拒否することはできなかった。付人というものは当然あってよいものであるからだ。それに大城賢雄は豪勇のもので、世間に鬼大城《うにうふぐしく》とアダ名されていた。遠く人質にやられるような王女に供としてつけるには、まさしくうってつけのもの、とだれもがみる。これを拒否すれば、それがまた痛くもない腹をさぐられるもとになりかねない。

残された史書のどれにもないが、大城賢雄と王女百登踏揚とは幼馴染《おさななじ》みであったと、みられている。あるいは初恋人であって、踏揚が父王に請うて賢雄を勝連に連れていった、とも。こうなると、阿麻和利の来たるべき悲劇は、あぶり出しのように見えてくる。

しかし、このころ阿麻和利は気がついていない。もっぱら王女を人質にとって、国王にとりいり、思いのままに野望を遂げることを夢みていた。しかも、百登踏揚はすぐれてみごとな女であった。「オモロ」にある——、

一　百度踏み揚がりや
　　天地　よためかちへ
　　天　鳴らちへ
　　さしふ　助けわちへ
又　君の踏み揚がりや
又　今日の良かる日に
又　今日のきやかる日に
（百登踏揚は天地を揺り動かし、天を鳴り響かせ、神女をたすけることだよ、今日のこのよき日に）

このように百登踏揚をたたえた「オモロ」が、数首ある。

見方によれば、やはり「オモロ」で百姓から崇《あが》めたてまつられた阿麻和利と、神につかえる霊力《しじ》をそなえた百登踏揚との霊力のたたかいが、この歴史のドラマをつくったともいえる。人にそなわった霊力、神に祈ってさずかる霊力——そういったものが信じられた時代であり、事実、それが人間模様を織りなして歴史に語り継がれたとも、いえるのである。

ダーク＝ホース

金丸《かなまる》という人物がいた。この物語を載せた正史の表通りには、この段階では出てこない。が、このころすでに裏でひとかどの働きをしたと、みられなくもない。もと、北部離島の伊是名《いぜな》島の出である。先祖は首里《しゅり》につながるというが、地方豪族のひとりであろう。沖縄本島に出てきて、越来按司《ごえくあじ》、尚泰久《しょうたいきゅう》につかえた。尚泰久は右に金丸という知将を、左に大城賢雄《うふぐしくけんゆう》という勇将をたずさえて、王位についたのである。金丸は、のちに尚泰久の子、尚徳《しょうとく》にクーデターをおこして王位を奪いとったほどの人物である。このころからその野望をたくわえていたとしても、ふしぎはない。

金丸は金丸で、尚泰久とは別に、大城賢雄に言いふくめるところがあった、とみてよい。

「阿麻和利《あまわり》なるもの、油断はならぬ。動静をしかと探るべし」

それを尚泰久へも、折にふれて進言した。尚泰久と金丸とは、この際いちおうは同じ立場に立ち、同じ夢を見ている。そして、彼らに操られている大城賢雄はピエロにもみえる。

しかし、賢雄は彼なりに幸せであったろう。百登踏揚《ももとふみあがり》の付人として勝連《かつれん》に日夜つとめることができたからである。

ここで阿麻和利は、大城賢雄に嫉妬《しっと》を感じなかったろうか、という疑問も湧《わ》く。

賢雄と百登踏揚とが幼馴染《おさななじ》みであったことを知り、なお自分が田舎侍《いなかざむらい》であり、首里の都ぶりに疎《うと》いとなれば、百登踏揚から軽んじられる、という憂いも湧く。そうなれば、いよいよのこと、ときに自分は踏揚にとってなんであろうか、と省《かえり》みるときもあったであろう。そのようなとき、大城賢雄の存在は宿命的なじゃま者にみえたにちがいない。

いっぽうで、大城賢雄もまた阿麻和利が憎かったにちがいない。踏揚の付人として幸せなつとめのできる日常であればこそ、なおのこと、それ以上に一歩も進めない、苛《いら》立ちというものもあったはずである。幸福感と敗北感とが、彼にいつでも裏となり表となってまとわりついていた。阿麻和利に憎さがつのる道理である。

金丸と大城賢雄は、ともどもにダーク゠ホースであったといってよい。

猜疑《さいぎ》

百登踏揚《ももとふみあがり》を阿麻和利《あまわり》へ嫁にやったということが、護佐丸《ごさまる》の気にいらなかった。政略結婚であるにちがいない、とはすでにわかっていた。それだけでよけい気にいらない。

（いったい、上様はなにをもくろんで……？）

もくろみといえば、ふたつしかない。阿麻和利を討つか手なずけるか、だ。阿麻和利へ監視をよろしく、と頼んできたことを思いあわせると、少なくとも重用する気はあるまい。しかし、娘婿となれば、百登踏揚の意向しだいで、どのように風向きが変わらないでもない。勝連《かつれん》に対抗して首里《しゆり》を守る位置、ということは、一瞬立場を変えれば、首里と勝連とではさみ討ちということも可能ではないか。

――疑いはじめれば、際限はなかった。

おまけに、東海岸の制海権がほぼ完全に勝連ににぎられた。北からの貿易船が中城《なかぐすく》までとどかないのである。

「阿麻和利を放っておいてよいものでしょうか」

老いの苛《いら》立ちが、事態の展開をいそぐ。しずかな緊張の持続にたえられないのである。

「放っておくわけではない。時期を待っている」

尚泰久《しょうたいきゅう》は適当に老人をなだめた。あるいは焦《じ》らせた。

「時期と仰せられても」

「くどい！……」

岳父《がくふ》といえども、この際は、身分でおさえることを心得ていた。

「時期至らば、いっきょに滅ぼす。その際の中城の役目については心得ておられるであろう。そなえておかれよ」

護佐丸は、たびたび進言して、そのつど引きさがる。その間、疑いはいろいろと揺れるばかりであった。上様が自分の進言をなかなか実行に移そうとなされないのは、はたして阿麻和利を討つべき時期をえらんでいるだけのことであろうか。あるいは、逆に自分がねらわれているのではなかろうか。そうだとすれば、事はゆるがせにできない。――護佐丸は、武備をかため、兵馬の調練を励ますほかはなかった。事と次第によっては、これをもって阿麻和利を討つというより、首里へ攻めのぼることになるかもしれぬ……。

護佐丸は阿麻和利のもとへ、たえず間者《かんじゃ》を放つ。そして、自分と同じように阿麻和利が兵馬の調練を進めていることを知る。いっぽうで、阿麻和利も護佐丸へ間者を放つ。

「護佐丸どのが、武備をたくましゅうしている……」

と、阿麻和利は妻の百登踏揚に語った。「これはとりもなおさず、首里を討つか勝連を討つか、どちらかしか考えられぬ」

「祖父さまがそんなことを」

百登踏揚は、女の身で恐れるだけであった。

「もし、この勝連を討つのだということになれば、そなたはどうする」

「そのようなことは考えられませぬが、もし万一そうなれば、夫に従うのみです」

「もし、わたしが先手を討つことになれば？」

これは冗談《じょうだん》がすぎた。

百登踏揚は呆然《ぼうぜん》と夫の顔をうち見まもるだけである。

「冗談だ」

阿麻和利は笑って打ち消した。が、百登踏揚は言った。

「男の世界のことは知りませぬ。しかし、そのような恐ろしい争いになれば、いちばん悲しい目にあうのは、女でございます。わたしを中城へ行かせてくださいませ。祖父さまにお話し申しあげて、そのようなことにならないようはかります」

「それはいよいよ危険だ。祖父さまはともかく、臣下どもは勝連に敵意をいだくものばかりであろう。そなたを血縁・肉親と遠慮するものはいない。阿麻和利の妻として、どのような扱いをうけるかもしれぬ」

「大丈夫でございます。わたしには天与の霊力《しじ》がございます」

百登踏揚は、もと神女であり、その名は神号でよばれていたのである。「オモロ」で彼女を讃《たた》えた歌が多いのも、神女として畏敬《いけい》をささげたものであった。が、

「霊力もあろうが、霊力を頼んで危地につかわすわけにはいかない」

「それなら賢雄《けんゆう》を連れてまいります。賢雄の豪勇に頼れば恐ろしくはございませぬ」

「賢雄か」

阿麻和利は、直接に答えることを避けながら、嫉妬《しっと》の情が小さな炎となって燃えてくる、その熱さにひそかに耐える。百登踏揚にこれを言わせるために、問答をみちびいていたのだ、という気さえする。首里から踏揚の警固のために来たのはよいが、日ごろ踏揚に近づきすぎる。なにかあるのではないか、という疑いが、日ましにつのっていた。

中城落城

屋慶名阿嘉《やけなあか》という豪傑が、阿麻和利《あまわり》の一の家臣になっていた。その屋慶名が阿麻和利にささやいた。

「大城賢雄《うふぐしくけんゆう》に気をおつけなされませ」

賢雄は妃のためにはなっても、けっして按司《あじ》さまのためになるものではありませぬ、と言う。ここにはやはり、勝連《かつれん》者の首里《しゅり》者への反目がはたらいている。阿麻和利と踏揚《ふみあがり》とを夫婦一体とすれば、その下に屋慶名と大城とが反目、亀裂を生じている、またたがいに監視しあっている、という不幸があった。そして、ときに阿麻和利と屋慶名、踏揚と賢雄という結合と対立もあり、むしろこのほうが強く意識されるようにしだいになっていった。

「屋慶名、ひそかに小舟を雇え。首里へのぼる」

ある日、阿麻和利が命じた。あるいは屋慶名を勝連に残しておくべきであったかもしれない。しかし、野望の旅であるだけに、単身ではこわかった。

阿麻和利と屋慶名とふたりだけで、小舟に身をひそめて、与那原《よなばる》へ渡った。途中、中城城《なかぐすく》の雄姿を右に見て、緊張は解けなかったことであろう。ある芝居の名場面には、与那原の浜に着くやいなや、船頭を一刀のもとに斬《き》って捨てて、野望の哄笑《こうしょう》を放つところがある。

「中城按司、護佐丸《ごさまる》どのが、首里へ攻めのぼるために兵馬をととのえております」

と、国王、尚泰久《しょうたいきゅう》に告げた。史書には「讒訴《ざんそ》」したとある。史書は護佐丸を「忠臣」と見なしているからである。

「まことか」

「まことでございます。諜者《ちょうじゃ》をつかわして確かめてくださいませ」

これは尚泰久の思う壺《つぼ》であったといってよい。彼みずから手をくだすことなく、機会はやってきた。

「金丸《かなまる》。勝連按司の言い分をどう思う？」

「畏《おそ》れながら……」

金丸は勿体《もったい》をつける。「いやしくも岳父《がくふ》と婿との間柄でおわしますから、万にひとつの過ちもないように、お気をつけなされませ」

尚泰久に名分を得しめるいっぽうで、阿麻和利を牽制《けんせい》するためでもあった。

尚泰久は諜者を中城へ放った。兵馬の訓練をいつもやっていることを知ってのうえである。

「たしかに兵馬の訓練を見うけました」

との諜者の報に、ひと通りの無念の表情を見せながら、予定どおり阿麻和利に命じて、中城城を攻略せしめた。

十五夜であった、と史書は伝える。――おりから月見の宴をはっていた護佐丸は、時ならぬ軍鼓《ぐんこ》の響きにおどろき、これをうかがわしめると、勝連按司、阿麻和利が首里軍の大将として攻めていることがわかった。国王へじかに訴えるいとまもなく、かといって国軍に手向かうことも義理として忍びず、夫人および二子とともに自刃して果てた。近侍《きんじ》のものたちがみな殉じて果てたなかで、生まれたばかりの三男盛親《もりちか》のみが乳母に抱かれて落ちのび、島尻《しまじり》地方の国吉《くによし》村に、そこの豪族国吉真元《しんげん》なるものを頼って隠れた。さらに伝承によれば、この子はたえず中《ちゅう》山《ざん》からの密偵《みってい》が監視をつづけていたので、五、六歳のころまで女の子のような装束をさせていたが、十一、二歳に長じたころ、第二尚氏（金丸＝尚円）が勃興《ぼっこう》してまもなく、首里に召され貴族として系譜を伝えた、ということになっている。

護佐丸が伝承のとおりに戦わずしてみずから果てたかどうかは疑わしい。かりに戦うことがなかったとしても、それは「忠義」のためでなく、不意をうたれて兵をととのえる時間がないために、戦意を喪失したというにすぎなかったのではないか。が、この際そのことはおそらく問題外にしてよい。尚泰久が讒訴に迷わされたとみせて、謀略の一段階をなし遂げた、ということのほうが重要であろう。

「オモロ」にある——

一　きこえ中ぐすく

けさや、つのひらせ

いみやは、せめて
うたん、なかぐすく
又　とよむ中ぐすく

「中城越来《ごえく》のオモロ」（越来は尚泰久の旧城）と題されていて、その大意は、「名高い中城！　むかしは目の上のコブであった中城をいまは攻めて撃とう、威名赫々《かくかく》たるこの中城を」ということらしい。威名赫々たるは、むしろ尚泰久のことになろうとしている。

苦渋の凱旋

阿麻和利《あまわり》は護佐丸《ごさまる》を討ち果たした。彼としても第一段階の偉業をなし遂げたことにはちがいなかった。彼は勝連《かつれん》へ凱旋《がいせん》した。

凱旋はしたが、単純には喜べない。むしろ苦渋が待っていた。まず、妻の百登《ももと》踏揚《ふみあがり》の迎え方が異様であった。

「ご無事でお帰りを祈っておりました。でも、ほんとうに天下無事のままにと」

「戦のならいだ。天下無事のままにおさまるはずがない」

「ひとつお尋ねします。こんどの戦は、まったく首里《しゅり》の上様のお指図によるものなのでしょうか」

「当然のことではないか。それでなくて、わたしが護佐丸どのに刃を向けるはずがない」

「でも、かねて仰せられました。護佐丸どのが勝連に討ちかかるかもしれぬ。それにこちらから先手をうつかもしれぬと」

「そんなことは言わなかったぞ。似たようなことがあったとしても、それは冗談《じょうだん》だ。こんどのことは、国王さまのお指図をうけたことにまちがいはないのだ。そうしなければ、護佐丸どのは首里に攻めのぼるはずであった。それが目に見えていた」

「それは、あなたさまが首里へ讒訴《ざんそ》なさったのだ、といううわさがもれております」

「だれだ、そのようなうわさを流したやつは」

「うわさに根はございませぬ」

「根がなければ信じるに足りぬ話だ。しかし……」

阿麻和利は、ここで思いきって究明し、逆襲に出ることを考える。

「大城賢雄《うふぐしくけんゆう》が流したうわさではないのか」

「なぜでございます？」

「この勝連で、わたしのためによからぬことをたくらむものがいるとすれば、あの男しかいない」

「それは言いすぎでございましょう。わたしの付人、首里からつかわされてきたとは申せ、いまでは勝連按司の身内でございます」

「では、そなたはこのわたしに、こんどの戦が陰謀であったと、きっぱり白状せよというのか」

「そうは申しませぬ。でも、わたしは苦しいのです。あなたさまの妻として、このような立場にたつことが、このうえもなく苦しいのでございます」

それは苦しいにはちがいなかろう、と阿麻和利は思う。しかし、反対にこの自分の苦しみを、妻は察してくれようとはしない。妻は事の真実を察してはいるようだが、それならさらに深い真実を察してもよいではないか。事をなり行きのままに放っておけば、護佐丸に討たれることになったかもしれぬ。そしてそれは、国王の指図によったものかもしれぬ。いや、たしかにそうにちがいない。どだい、国王の娘がこの勝連按司に嫁《とつ》がせられたときから、その政略は決まっていたかもしれないのだ。それを察知して逆手に出たのが、なぜわるい。嫁いだからには、なぜその夫に従おうとしない。かつて彼女は、夫に従うと言ったではないか。あれはやはり、偽りであったのか。妻の心はいま……。

「賢雄をよべ、大城賢雄をよべ」

この付人の秘密を、いまこそ暴《あば》いて禍根を断ってやろう、と思った。

「落ち着いてください」

と言ったのは、屋慶名《やけな》である。ここで按司がこの私事にかまけては、かえって無益の波瀾《はらん》を生じて、首里の国王にまたどのような口実をあたえるかもしれない、と判断した。そして、そのように阿麻和利を諫《いさ》めた。

「そういうこともある……」

阿麻和利は、怒りをいったんは胸におさめた。しかし、このままいつまでも泰平でありうるとは考えなかった。もう破綻《はたん》ははじまっている、と知った。

「時を移さず、首里城攻略の支度を、屋慶名──」

神歌

大城賢雄《うふぐしくけんゆう》が百登踏揚《ももとふみあがり》を伴って、勝連《かつれん》城を脱出した。闇《やみ》にまぎれて。人妻を奪い去った、というにひとしかった。

「行方は首里《しゅり》だ……」

と、すぐに阿麻和利《あまわり》はさとった。

「追え」

軍兵が炬火《たいまつ》をかざして、ふたりを追った。

大城賢雄いかに剛《ごう》の者とはいえ、女性を背負っての旅ではままならず、まもなく中城《なかぐすく》の和仁屋真《わにやま》あたりで追いつかれた。闇夜に勝連の炬火はあかあかと燃えて近づく。どうしよう、となすすべもない。

史書『球陽』には、つぎのようにある。

「……計の施すべきなく、天を仰ぎ地に伏し、大いに神歌（俗に御唄という）を唱う。すなわち暴雨大いに降り、兵火悉《ことごと》く滅す」

ここで百登踏揚の霊力《しじ》がはたらいたのである。

あやうく難を逃れたふたりは、ようやくのことに首里城にとどいた。まだ夜は明けない。門前で声をあげて案内を請うた。これが国王に報告されると、王は怒号した。

「この夜なかに、婦女が男とともに来るとは、不貞ではないか」

百登踏揚は、泣いて悲しんだ。

勝連へももどれず、首里へも入れない。彼女の身のおきどころはもはやない。死ぬほかにないではないか。——押明森《おしあけもり》という御嶽《うたき》（拝所）がある。百登踏揚は泣く泣くそこに縊《くび》れようとした。父王、尚泰久《しょうたいきゅう》はようやく機嫌《きげん》をとり直して、門を開けしめた。

「一大事でございます。勝連按司《あじ》は謀反《むほん》をたくらんでおります」

彼女は、もはや阿麻和利の妻ではなかったといってよい。

そこでまた、神歌を歌って、神に祈った。国難を彼女なりに救おうとする、心の表われであった。大城賢雄も神歌を歌った。

尚泰久は、いちおう、ふたりを信じることにした。しかし、ただちに事を決してよいものかどうか、ここで迷った。事を決すればかならず勝つ、という目算はあった。しかし、ここで彼をためらわせたものはなにか。やはり、娘、百登踏揚をめぐっての思いのゆえであったろう。

政略結婚の果ての悲劇が、娘の上にいま現われた。父の計略どおりであった。が、娘をこのような立場に追い込むことまで計算にいれてのことであったろうか。――多年の謀略の最終段階を迎えたところで、当然のように襲ってきた迷いであったろう。

この迷いを察して、金丸《かなまる》は進言した。

「勝連をお討ちなされませ。いまこそ逡巡《しゅんじゅん》するは、かえって勝連をおごらせ、ひいては首里を滅ぼすもとになります」

尚泰久は、ようやく逡巡を振りきった。「……すなわち、いそぎ令を伝えて、四境の軍士を招集す」と史書『球陽』にはある。

阿麻和利の心もすでに百登踏揚を離れていた。それどころか、夫を裏切って他の男とともに逐電した女として、むしろ憎しみがまさった。さらに、いまごろは父王にかつての夫のことを讒訴《ざんそ》しているであろうと思えば、和仁屋真で討ちもらしたことが悔やしい。こうしてはおれないと思った。

「按司さま、お早いうちに首里へ」

屋慶名《やけな》の進言と、ほぼ同時に阿麻和利は決心していた。

勝連勢は首里城へ攻めのぼり、火をかけた。尚泰久が「四境の軍士」を集めるより、わずかに早かったために、首里城はしばらく戦火に包まれた。が、まもなく援軍が来ると、衆寡《しゅうか》敵せず、阿麻和利の軍勢は大敗して去った。

「勝連を討て」

尚泰久にはもはや逡巡はなかった。

大城賢雄が大将となり、ふたりの弟をも連ね、軍を率いて勝連を襲った。距離二〇キロに近い。阿麻和利は敗走、賢雄は王命をおびての追討。意気が違う。ただ、窮鼠《きゅうそ》猫《ねこ》を嚙《か》むかどうかだ。

阿麻和利もしかし、ひとかどの梟雄《きょうゆう》であった。城の内外に奮戦し、両軍混戦した。そのうち、賢雄は婦人に仮装して東側の城壁をよじのぼり、越えて入ると、阿麻和利が立っているのを見つけた。走り寄ってこれを斬《き》り、そのむねを叫ぶと戦いが終わりを告げるにもひとしかった。賢雄のふたりの弟は、この戦いに斃《たお》れている。

一四五八年（長禄二《ちょうろく》）であった。

大城賢雄は阿麻和利の錦緞《きんどん》衣裳ならびに勝連城門楼をさずかり、まもなく越来《ごえく》のもと尚泰久所領をさずかった。百登踏揚を拝領したとも伝えられるが、定かではない。

金丸が勝連攻略に参加したかどうかは、伝えられていない。勢いに乗じて参加し功をたてた、とも考えられるし、深く慮《おもんぱか》って参加せずに漁夫の利を得た、とも考えられる。

いずれにしても、ながい目で見て金丸の利がもっとも大きかった。戦乱の翌年、彼は御物城御鎖側《おものぐすくおさすのそば》職（貿易庁長官）に任じられ、天下に争乱の絶えたところで地位をたくわえ、十一年後に王位を奪うのである。

（お断り）

本書は1989年に小学館より発刊された「日本名城紀行」シリーズを底本としております。
あきらかに間違いと思われるものについては訂正いたしましたが、
基本的には底本にしたがっております。
また、底本にある人種・身分・職業・身体等に関する表現で、現在からみれば、
不当、不適切と思われる箇所がありますが、著者に差別的意図のないこと、
時代背景と作品価値とを鑑み、原文のままにしております。

日本名城紀行 2

Classic Revival

２０１８年２月18日　初版第１刷発行

著者　更科源蔵、三浦朱門、土橋治重
笹沢左保、陳舜臣、藤原審爾
江崎誠致、戸川幸夫、大城立裕

発行者　清水芳郎

発行所　株式会社　小学館
〒１０１－８００１
東京都千代田区一ツ橋２－３－１
電話　編集　０３－３２３０－９７２７
販売　０３－５２８１－３５５５

印刷所　中央精版印刷株式会社

製本所　中央精版印刷株式会社

装丁　おおうちおさむ（ナノナノグラフィックス）

ISBN978-4-09-353104-7